I
Gala

Château du Sauvage, forêt de Rambouillet,
26 juillet 2085

Étendue sur son lit, au premier étage du château, Gala semblait méditer. Ses cheveux courts, teints en jaune et vert, lui donnaient une allure rebelle de garçon manqué. Ses yeux magnifiques s'étiraient comme deux longues amandes sur son visage fin, tandis que des pommettes saillantes accentuaient son regard perçant. Gala avait quinze ans et sa vie ressemblait à un vaste désert. Pas de frère ni de sœur, aucune amie (elle n'allait pas à l'école, son éducation ayant été confiée à une préceptrice), une mère accaparée par le travail…

Perdu au milieu de la forêt, le château qu'elle habitait depuis sa naissance semblait coupé du reste du monde. Dans sa chambre sommeillaient les dizaines de poupées que Morri, sa mère, lui avait offertes pour peupler sa solitude : des bébés joufflus aux yeux cristallins, des marionnettes acrobates, des fauves mécaniques « dévoreurs de chagrin », mais aussi une flopée de chienchats à poils synthétiques inspirés des créatures de Chimerics, la société de génie génétique où travaillait sa mère. La poussière les recouvrait comme une peau d'abandon, donnant à la chambre des allures de musée désuet. Azane, la vieille chatte du domaine, apparut soudain entre deux poupées et sauta sur le lit.

— Où étais-tu ? demanda Gala en tendant le bras vers elle.

L'animal se glissa langoureusement sous la main de l'adolescente et donna deux coups de langue sur ses doigts.

— Tu me comprends, toi. Tu n'es pas avare de tendresse comme ma mère…

Azane ronronna. Elle avait été adoptée lors de la naissance de Gala. Quinze années plus tard, toutes deux étaient toujours inséparables. L'adolescente contempla sa main gauche, dressée devant elle. De fins rayons de lumière prolongeaient ses doigts.

— Je ne suis pas très en forme, ce soir, soupira-t-elle. Mon aura est plutôt terne.

Gala percevait l'invisible. Depuis son plus jeune âge, elle aimait déambuler, solitaire, dans le parc du château. Les grands cèdres, le hêtre roux, les magnolias et le séquoia étaient des haltes incontournables. Assise contre le tronc de l'un ou de l'autre, elle s'amusait à visualiser l'énergie irradiée par les pierres, les végétaux et les animaux. Le monde devenait alors une symphonie de lumière. Au tout début de ses expériences, elle ne distinguait qu'une vague aura bleutée de deux ou trois centimètres qui enveloppait le corps des êtres humains. Et puis, d'année en année, sa sensibilité s'était aiguisée, au point de découvrir qu'une autre aura, plus large, irradiait de la première. Ses teintes variaient en fonction des émotions vécues par les individus. Chez les personnes anxieuses ou tourmentées, les couleurs étaient ternes, mais elles s'illuminaient comme un arc-en-ciel dès que la joie l'emportait.

— Pourquoi regardes-tu toujours autour de moi? s'était étonnée un jour sa mère.

Gala avait six ans. Elle décrivit l'aura qu'elle voyait, et Morri eut un choc. Décontenancée, la chercheuse mit en garde son enfant :

— Si tu ne veux pas qu'on se moque de toi, ne parle jamais de ces visions. Tu as compris ?

Azane avança sur le ventre de Gala, s'approcha de son visage et lui lécha le bout du nez avec sa langue râpeuse.

— Je t'adore… sourit l'adolescente. Tu sais qu'aujourd'hui est un grand jour? Ma mère ne va pas rentrer seule. Elle débarque avec Lionne, la fameuse chimère qui lui prend tout son temps. Je vais peut-être enfin la voir !

Morri n'avait jamais conduit Gala dans son laboratoire de génie génétique, situé au centre de Paris. Le règlement était strict : les chimères devaient rester à l'abri de toute personne extérieure au projet. Seule l'équipe médicale et Carl Carnegie, P-DG de Chimerics, étaient autorisés à approcher les créatures. Le grondement d'un moteur brisa soudain la quiétude du château.

— Ils arrivent ! s'écria l'adolescente.

Elle déposa Azane sur le parquet, avança jusqu'à sa fenêtre et découvrit dans le ciel nocturne les lumières scintillantes d'un hélicargo. *À quoi ressemble Lionne ?* se demanda-t-elle. *Son aura est-elle composée d'une seule couleur, comme celles des animaux, ou a-t-elle la richesse des auras humaines ?*

Un léger crissement provenant du plafond attira son attention. Elle leva les yeux et poussa un soupir d'agacement. Libélul, son robot de compagnie, était pendu la tête en bas, comme une chauve-souris.

— Qu'est-ce que tu fais collé au plafond ?

— Je me protège d'Azane... expliqua le robot. Elle m'a sauté dessus tout à l'heure et m'a bousillé une connexion. J'essaie de réparer.

— Viens ici et dis-moi ce que tu vois dans le parc !

— Mais...

— Il n'y a pas de mais ! Tu obéis ou c'est...

— ... le placard aux aspirateurs... Je sais.

Le robot jeta un œil méfiant sur la chatte qui, assise sur le lit, l'observait d'un air innocent. Il activa ses ailes de carbone et se posa en douceur devant la fenêtre.

— Il fait nuit, bougonna-t-il en réglant sa vision infrarouge. Bon, alors... voyons... J'aperçois un hélicargo juste au-dessus du pavillon qui doit accueillir les chimères. Une porte s'ouvre sous l'engin, et une espèce de conteneur descend, fixé à des câbles. Ah...

J'aperçois ta mère qui surveille l'opération. Je distingue aussi trois hommes sur le toit du pavillon. Ils guident la manœuvre… Ohhhh ! C'est horrible ! Je ne peux pas le croire !

—Quoi ? Qu'est-ce que tu as vu ? s'alarma Gala.

—Les hommes… Ils portent…

—Ils portent quoi ?

—Une combinaison rouge fluo avec des bottes jaunes… Quelle faute de goût !

Gala tapa un grand coup sur la carcasse du robot.

—Arrête de faire l'imbécile, gronda-t-elle, et dis-moi si tu aperçois la chimère ?

—Impossible. Ma vision infrarouge ne me permet pas de voir à travers la paroi du conteneur.

—Dommage, soupira l'adolescente.

2
Morri

Où est l'anesthésiste ? hurla Morri en déboulant au pas de charge dans les couloirs du pavillon. De taille moyenne, plutôt mince, la mère de Gala arborait des cheveux courts teintés bleu roi. Quoique non dénué de beauté, son visage était, pour l'heure, aussi avenant qu'une porte de prison.

—Il arrive, lâcha Stef, un des infirmiers qui avait assuré le transfert de la chimère.

Ulcérée, la chercheuse tapait du poing sur les murs de la salle de contrôle. Dom, un autre membre de l'équipe, se faisait tout petit devant son ordinateur. L'anesthésiste apparut enfin.

—Alors ? aboya Morri. Que s'est-il passé ?

—Je... ne comprends pas... balbutia l'homme. Je lui ai administré la dose qu'on avait prescrite.

—Vous me prenez pour une imbécile ? Je veux savoir pourquoi Lionne s'est réveillée pendant le voyage !

—Quand elle a bu l'anesthésiant, avant de partir... je l'ai trouvée nerveuse. Comme si elle pressentait quelque chose… Je crois que le stress a modifié les paramètres hormonaux et…

—Impossible ! Elle ne pouvait pas savoir qu'on allait la transférer ! Vous êtes un incapable ! Vous vous êtes trompé dans les doses !

Des yeux de Morri jaillissait une colère noire. L'homme baissa la tête.

—Je… Je…

—Quand va-t-elle se réveiller ? le coupa-t-elle.

—Avec la deuxième anesthésie… dans une douzaine d'heures.

—Et que dit l'électrocardiogramme ? demanda-t-elle en se tournant vers Dom.

—Tout est normal.

—Je ne veux pas qu'on la quitte des yeux une seconde !

Morri Starnberg avait réussi la prouesse de s'imposer dans un milieu scientifique dominé par les hommes, mais elle avait payé cher sa réussite professionnelle : tout sacrifier à ses ambitions, être en compétition quasi permanente avec ses collègues avait fini par dessécher son âme. Vingt ans plus tôt, elle n'avait pas hésité à se lancer dans la création d'embryons chimériques, domaine de recherche alors très controversé. Ce fut elle qui fabriqua les premiers chienchats, chimères de la taille d'un renard dotés de la tête d'un petit labrador et du corps d'un chat persan. Mais son coup d'éclat le plus retentissant fut la création de trois créatures à corps humain et à tête animale… et Lionne était l'une d'elles.

Installés dans la salle de surveillance du pavillon, Stef et Dom réglaient les écrans de contrôle transmettant les paramètres vitaux de Lionne. Les deux infirmiers-vétérinaires s'occupaient, depuis quinze ans, de la santé de la chimère.

—Cet imbécile d'anesthésiste a failli tout foutre en l'air, fit Dom.

—Morri l'aurait étranglé s'il était arrivé quoi que ce soit à sa Lionne, ajouta Stef. Et je l'aurais aidée ! Après tant d'années d'efforts, on ne peut plus se permettre la moindre erreur.

Dom effectua un dernier réglage. Toutes les données médicales s'affichèrent en colonnes de chiffres et en courbes sinusoïdales. Les microsondes connectées à la chimère répondaient parfaitement. Soulagés, les deux infirmiers s'assirent dans leurs fauteuils et posèrent les yeux sur l'écran mural retransmettant l'image de Lionne, endormie sur son lit. La créature était grande. Près d'un mètre quatre-vingt-dix. Une tunique couvrait son corps humain. Le bout de son museau, légèrement humide, était un îlot de douceur planté au milieu d'un faciès félin, inquiétant. Ses plantes de pied étaient sombres, couvertes d'une épaisse couche de corne.

—J'ai hâte de savoir comment elle va réagir en public, lança Stef.

—Sois patient… Tu le sauras dans quelques jours. Je suis sûr que ce sera un spectacle à couper le souffle. Tu imagines… Trois humanimaux apparaissant sur la place de la Concorde ! On ne pouvait pas trouver meilleur endroit pour les présenter.

Les yeux rivés sur l'écran, Stef poursuivit :

— Tu te souviens de sa conception et de la tempête médiatique que ça avait provoqué ?

— Tu m'étonnes ! Un bébé humain avec une tête de lionceau… Ma femme avait voulu que je démissionne de Chimerics. J'ai dû lui expliquer qu'il n'y avait rien de monstrueux là-dedans, que ce n'était qu'une créature animale… un peu particulière. J'ai mis un temps fou à la convaincre.

— Je la comprends. Lionne possède quand même le corps d'une humaine. Elle a de véritables bras et de véritables jambes. Elle marche sur des pieds, comme nous. Elle attrape les objets qui l'entourent à l'aide de ses mains… comme nous. Elle n'a pas de mamelles, mais deux beaux seins tout ce qu'il y a de plus féminin. En revanche, c'est sûr, elle ne peut absolument pas penser comme les humains, puisqu'elle a une tête de lionne, et donc un cerveau animal.

— Chut… la patronne arrive.

Morri surgit dans la pièce. Depuis qu'elle avait furieusement martelé les murs du pavillon, son poignet la faisait souffrir. Il en allait toujours ainsi : elle avait passé sa vie à ruer dans les brancards, à forcer tous les obstacles et à bousculer les autres pour arriver à ses fins. Quitte à se faire mal.

— Son état se stabilise ? demanda-t-elle.

— Tous les paramètres sont bons, la rassura Stef.

La chercheuse s'approcha de l'écran géant et ordonna :

— Caméra 3. Zoom 2, en oblique… 10 de grossissement.

La vue générale fit place en quelques secondes à un plan rapproché de la chimère.

— Parfait. Recadrez légèrement pour avoir la tête en plein champ. Accentuez l'éclairage facial.

La tête de la créature occupa bientôt tout l'écran. Lionne dormait, le museau frémissant à peine. Sur le sommet du crâne, sa fourrure châtaigne formait quelques plis, lui donnant un air renfrogné. Ses larges oreilles poilues semblaient en alerte, tandis que ses longues moustaches tremblaient par intermittence.

Tu seras magnifique aux côtés de Faucon et de Bélier, ma belle, pensa Morri. *Vous serez les coqueluches des médias, et les visiteurs viendront de tous les coins du monde pour vous admirer.*

Clive, son adjoint, entra soudain dans la salle.

— Morri ! Il faudrait que je te parle avant de repartir.

— Qu'est-ce que tu as ?

— Je préfère te voir dehors.

Ils quittèrent tous les deux le pavillon.

— Je t'ai entendue t'acharner sur l'anesthésiste, tout à l'heure, commença Clive.

— Tu me connais. Si les affaires marchent, c'est parce que je ne laisse rien au hasard. Alors, quand le personnel se permet de faire de telles erreurs, ça me met hors de moi !

Clive lui tendit un microdisc.

— Ce sont les encéphalogrammes de Lionne. Jette un coup d'œil…

Morri introduisit la pastille électronique dans son Trans.

— Une hyperactivité cérébrale dans la région du lobe droit, liée au stress, observa-t-elle. Tu l'as enregistrée dans l'hélicargo après son réveil ?

— Ces clichés datent de ce matin, juste après ton passage. Rappelle-toi, tu as voulu l'observer par le judas de sa porte.

Morri lut les données horaires.

— Dix heures. L'heure de ma visite ! Merde…

— Comme tu dis. Elle a senti ta nervosité et elle s'est doutée qu'un changement se préparait. Je te mets en garde depuis le début, Morri. Tu ne veux pas me croire. Cette chimère n'a pas fini de nous surprendre.

— Écoute, Clive… Que cette créature ait perçu mon anxiété, après tout, c'est normal. Les félins sont des prédateurs à l'instinct très développé. Nous sommes bien d'accord ?

Clive eut une moue perplexe.

— Tu comptes t'excuser auprès de l'anesthésiste ? demanda-t-il.

— M'excuser ? s'irrita Morri.

— Le réveil de Lionne pendant le transfert n'est pas dû à un mauvais dosage. Elle a développé un stress à ton contact ce matin.

— Garde ça pour toi, grogna Morri en rejoignant le pavillon

3
Brève rencontre

Le château du Sauvage se dressait dans la forêt de Rambouillet, à une quarantaine de kilomètres au sud-ouest de Paris. Le domaine avait été acquis en 2072 par Morri, et consistait en trois hectares d'un parc couvert d'arbres centenaires et d'une pelouse bien entretenue. La bâtisse était la copie exacte d'un château du dix-huitième siècle incendié sous la Révolution française. Seule une tour de cet antique édifice subsistait dans la partie sud de la propriété. En accord avec la chercheuse, Chimerics avait fait construire, à cinquante mètres de cette ruine, un pavillon ultra-sophistiqué destiné à accueillir les trois humanimaux avant le spectacle de Paris. Des mesures de sécurité avaient été prises pour protéger le site de la curiosité des journalistes et des possibles tentatives de sabotage du FRV [1].

Debout devant sa fenêtre, le regard perdu dans la nuit, Gala pensait à la chimère qui dormait dans le pavillon, si près d'elle.

---

1. FRV : Front pour le respect de la vie, association militante très active, luttant contre les abus des manipulations génétiques.

— J'ai une surprise pour toi, retentit soudain une voix dans son dos.

L'adolescente sursauta. Morri se tenait sur le seuil de sa chambre, droite et fière comme un paon.

— Lionne est endormie pour plusieurs heures encore. Je te propose une petite visite.

Gala resta bouche bée.

— Tu veux…

— Te la présenter. Ça fait tant d'années que tu attends !

L'adolescente chercha à comprendre les intentions de sa mère.

Elle est en quête d'une bonne conscience, se dit-elle.

Pendant quinze ans, Lionne avait pris toute la place. Chaque jour, Morri quittait le domaine avant l'aube pour revenir de son laboratoire très tard, épuisée par son travail. Les moments d'intimité du week-end étaient souvent gâchés par les tensions nerveuses accumulées dans la semaine. Les rares fois où Morri hasardait un geste de tendresse, Gala se braquait, faisant payer à sa mère la douloureuse solitude qu'elle endurait.

Toutes deux sortirent du château, traversèrent le parc et entrèrent dans le pavillon des chimères. Dom et Stef les attendaient dans la salle de surveillance.

— Tout est OK ? demanda la chercheuse.

— Tout est OK, répondit Stef.

— Alors, allons-y…

Morri montra à Gala les cellules réservées à Bélier

et à Faucon. Ces deux humanimaux avaient passé les quinze années de leur vie dans le grand laboratoire de Chimerics, à Miami. Leur arrivée au château était programmée pour le lendemain en fin d'après-midi. La chercheuse parvint devant la porte de Lionne et en activa l'ouverture.

— La voilà...

Gala resta un long moment immobile sur le seuil. La cellule était spacieuse, vide de tout mobilier hormis le lit de paille sur lequel était étendue Lionne. Une grande baie vitrée donnait sur un espace vert, clos.

— Tu peux t'approcher, dit Morri. Elle n'est pas près de se réveiller.

La chercheuse montra l'exemple et tendit la main. Au même moment, le museau de la chimère frémit.

— Arrête ! sursauta Gala.

Morri se tourna vers sa fille et découvrit son regard terrorisé.

— Je ne me sens pas bien, lâcha l'adolescente. Je veux sortir.

Elle tremblait de tout son corps.

— Qu'est-ce qui te prend ? s'inquiéta Morri.

Gala resta silencieuse. À quoi bon expliquer à sa mère qu'elle était terrifiée par l'aura de Lionne... une aura dominée par deux couleurs opposées, le noir et l'or, et qui s'étendait et se contractait selon la respiration de la créature. L'adolescente n'avait encore jamais observé ce phénomène chez un être vivant.

— Approche ! lança Morri sur un ton agacé. Elle ne va pas te mordre… elle dort.

Angoissée, Gala recula contre un mur. Pas question d'« entrer » dans l'énergie de Lionne. Un danger menaçait ; elle le sentait. Sa mère l'entraîna sans ménagement vers la sortie et rejoignit, avec elle, la salle de surveillance.

— Que s'est-il passé ? demanda Dom. On vous a vues sur les écrans rebrousser chemin à toute vitesse.

— Rien de grave, rétorqua Morri en cachant mal son irritation. Gala a eu peur.

— Je ne comprends pas, rouspéta Morri sur le chemin du château. Dès que j'essaie de te faire plaisir, tu fiches tout en l'air !

Gala ne répondit pas. Elle avait cessé depuis longtemps de défier sa mère sur le terrain des mots. Morri était bien trop forte dans ce domaine, usant de tous les stratagèmes pour imposer ses idées. De toute façon, son esprit était ailleurs… vers cette aura menaçante rayonnée par Lionne.

De retour au château, la chercheuse laissa sa fille rejoindre sa chambre et se dirigea vers le salon. À peine s'était-elle assise que son Trans retentit.

— Allô ? Qui est à l'appareil ?

— *Vous ne reconnaissez pas ma voix ? J'ai appris que vous veniez de transférer la chimère dans votre château. Je vous ai pourtant avertie des risques…*

— Foutez-moi la paix ! Je vous ai déjà dit ce que je

pensais de vos prophéties à la noix. Je vais vous mettre les flics sur le dos. Vous entendez ?

— *Vous jouez avec le feu. Stoppez tout ! Il est encore temps...*

Morri, furieuse, interrompit la communication.

— Ce déséquilibré a réussi à obtenir mon nouveau numéro, fulmina-t-elle

4
L'inconnu dans la tour

Gala se réveilla à l'aube avec un terrible mal de tête. Toute la nuit, elle s'était retournée dans son lit, poursuivie par l'image de Lionne. Pourquoi cette aura noire et dorée ? se répétait-elle.

Malgré sa fatigue, elle se résolut à rejoindre la cuisine afin de dénicher un asp. Elle se leva, enfila un kimono et descendit péniblement les grands escaliers du château en s'agrippant à la rampe. Une fois dans le salon, elle héla le robot :

— Libélul ! Où es-tu ?

— Bzzzzz… entendit-elle entre le piano et le mur.

— Qu'est-ce que tu fais là ?

Le serviteur métallique ouvrit un œil globuleux et lança d'un air désolé :

— J'ai perdu le contrôle de ma trajectoire en voulant éviter Azane. Je suis parti en vrille et je me suis retrouvé coincé derrière ce piano. De plus…

— Je t'ai déjà dit mille fois de ne pas jouer avec Azane ! l'interrompit Gala. Je n'ai jamais vu un robot aussi têtu. Tu sais bien qu'elle est plus maligne que toi.

L'adolescente s'arc-bouta contre le mur, déplaça légèrement l'instrument de musique et réussit à dégager le robot.

—Que ça ne se reproduise plus ! maugréa-t-elle.

Libélul ronchonna.

—Va me chercher un verre d'eau et un asp, au lieu de bougonner ! Et dépêche-toi ou je te range avec les aspirateurs !

—Euh… oui… tout de suite, bafouilla le robot en décollant au-dessus du piano. Excuse-moi, Gala. Je ne recommencerai plus.

L'adolescente poussa un soupir mi-exaspéré, mi-amusé. Un an plus tôt, elle avait obtenu de sa mère que Libélul remplace sa préceptrice lorsque celle-ci partit à la retraite. Mais les services rendus par le robot étaient si médiocres que Morri avait maintes fois voulu le retourner à son fabricant. Il avait fallu toute la détermination de Gala pour maintenir Libélul à son poste. Les ailes du robot s'agitèrent dans tous les sens. Il se tapa la tête contre la queue du piano, prit son envol et virevolta tel un gros insecte ivre. Gala le saisit par une patte avant qu'il ne quitte le salon.

—Tu te souviens où sont rangés les asps ?

—Euh… fit Libélul. Dans la petite armoire en chêne ?

—Alors, va !

Le robot rejoignit la cuisine et ouvrit le vaisselier. Il prit un verre et en vérifia la propreté au laser.

—Ah ? Des traces de doigts… remarqua-t-il. Pas

question de servir un verre sale à Gala. Mon travail doit être irréprochable !

Il déplia son antenne et partit à la chasse aux microbes, fredonnant d'une voix guillerette :

— Avec Libélul, plus rien ne pullule...

Lasse d'attendre, Gala s'affala dans un fauteuil, près de la fenêtre du salon. De là, elle pouvait observer le parc. Les premiers rayons de soleil dardaient à travers les feuillages, éclaboussant de lumière la face est de la vieille tour. Celle-ci ne semblait tenir que grâce aux étreintes du lierre.

Il faut que je prenne l'air, se dit-elle.

Elle n'attendit pas le retour de Libélul. Elle revêtit un manteau, sortit du château et se dirigea vers la tour en ruine. Depuis plusieurs années, elle s'y réfugiait en cachette quand elle déprimait. Azane apparut en se déhanchant nonchalamment.

— Où as-tu passé la nuit ? demanda l'adolescente. Tu as encore embêté Libélul ?

La chatte frotta son corps contre les jambes de Gala.

— Tu as peur ? C'est ça ? C'est l'arrivée de Lionne qui te panique ? Il va falloir t'habituer parce que deux autres chimères vont bientôt suivre.

L'adolescente se faufila jusqu'à la tour et grimpa les escaliers. Elle manqua plusieurs fois de glisser sur la mousse gorgée de rosée. Parvenue au sommet, elle se fraya un chemin entre de vieilles poutres et des morceaux de tôle à l'abandon. Une fois assise, elle prit Azane dans ses bras et se blottit contre le parapet.

— Reste tranquille, murmura-t-elle à l'animal. Tu me tiens chaud...

Pendant plusieurs minutes, elle ferma les yeux et laissa le vent frais s'engouffrer dans ses cheveux. Puis elle rouvrit ses paupières et observa, en contrebas, le pavillon où Lionne était retenue. Au même moment, comme par magie, apparut un fantôme... ou plus exactement un spectre lumineux dont les contours rappelaient le corps d'une femme à tête de lionne. S'étirant et se contractant en un rythme régulier, la silhouette, à la fois noire et dorée, traversait lentement les murs du pavillon.

— Le corps astral de Lionne ! lâcha Gala, sidérée.

L'étrange apparition se dégagea peu à peu de la gangue de pierre. Elle avançait, s'arrêtait un instant et reprenait, quelques secondes plus tard, sa lente procession. Un fil lumineux semblait la retenir au pavillon.

— La corde d'argent... murmura l'adolescente.

Les corps énergétiques peuvent parfois se dissocier du corps physique pendant le sommeil, et voyager en restant seulement reliés au dormeur par un cordon d'énergie appelé « corde d'argent ». Tout cela, Gala le savait. Elle observait la silhouette, à la fois inquiète et intriguée, lorsque Azane cracha derrière elle. L'adolescente n'eut pas le temps de se retourner : un objet pointu lui piqua les côtes.

— Reste tranquille, ordonna une voix dans son dos, ou j'enfonce mon couteau !

Gala s'immobilisa. Azane fit le gros dos et cracha une nouvelle fois en direction de l'agresseur.

—Si ton chat bondit, je l'étripe.

—Calme, Azane… murmura l'adolescente. Calme…

À contrecœur, la chatte se posta dans un recoin sombre. Seuls deux yeux lumineux trahissaient sa présence. Gala se concentra et tenta de « ressentir » l'aura de son agresseur. Elle dégageait une énergie subtile, peu compatible avec la violence manifestée par l'homme.

—Je pensais être bien caché en haut de cette ruine, mais ton chat m'a débusqué. Qui es-tu ?

—Qui je suis ? C'est plutôt à moi de vous poser cette question !

—Tu es la fille de Morri Starnberg ? insista l'agresseur en forçant un peu plus avec son couteau.

—Oui…

—Tu as parlé du corps astral de Lionne, tout à l'heure. Qu'est-ce que tu voulais dire ?

—…

—Tu préfères rester muette ?

—…

—Tu peux voir les *esprits*… C'est ça ?

—…

—Tu refuses de répondre ? Tant pis pour toi. Passe tes mains dans le dos, sans te retourner. Je vais te ligoter. Quand je serai hors d'atteinte, je préviendrai ta mère sur son Trans.

Les bras liés et la bouche bâillonnée, Gala attendit seule aux côtés d'Azane pendant une quinzaine de minutes. Elle était frigorifiée. Des pas résonnèrent enfin dans les escaliers de la tour. Morri fit son apparition, affolée.

—Gala… Dis-moi qu'on ne t'a rien fait !

Dès que le bâillon fut ôté, l'adolescente expliqua sa mésaventure, mais choisit de ne pas parler du corps astral de Lionne. Elle regagna le château avec sa mère, s'enroula dans une couverture et s'affala sur le canapé du salon.

—Ce type était sûrement un membre du FRV, fulmina Morri. Il venait pour nous espionner, et peut-être même pour saboter le pavillon.

Gala sourit tristement. Sa mère ne s'était pas épanchée longtemps sur le danger qui l'avait menacée. Ses inquiétudes étaient à présent toutes dirigées sur sa précieuse chimère.

—Professeur Starnberg ! appela en accourant un homme de la sécurité.

Morri redressa la tête.

—Qu'avez-vous trouvé ? l'interrogea-t-elle.

—L'individu est passé par une canalisation inutilisée à moitié enterrée sous la clôture. Nous l'avons bouchée. Ça ne se reproduira plus.

—Je l'espère pour vous ! Vous et vos hommes êtes payés pour transformer ce parc en bunker. Alors, faites votre boulot !

Le gardien parti, Morri essaya de se calmer.

—Inutile de porter plainte, réfléchit-elle. On n'a pas besoin de ça avant la cérémonie de présentation.

Libélul arriva dans le salon, un verre d'asp sur un plateau.

—Gala ! dit-il. Je t'ai cherchée partout et…

—Ce robot est censé te protéger, soupira Morri. C'est un incapable ! Je vais vraiment le renvoyer, cette fois !

—Pas question ! s'insurgea Gala en se dressant devant sa mère. Il s'intéresse à moi, lui !

Elle fit signe à Libélul, et tous deux quittèrent le salon. Morri encaissa sans broncher la remarque de sa fille. Elle poussa un long soupir de lassitude, réfléchit un instant et décida d'appeler Carl Carnegie, le P-DG de Chimerics.

—Allô ? Carl ?

—Morri ? Qu'est-ce qui se passe ?

L'homme fit un effort pour sortir de son sommeil. Il était deux heures du matin à Miami.

—J'ai une nouvelle peu réjouissante à t'annoncer.

Le P-DG se redressa d'un bond dans son lit.

—Il est arrivé quelque chose à Lionne ?

—Non… Mais un inconnu a réussi à s'introduire dans le parc.

—Il est entré dans le pavillon ?

—Il n'a pas eu le temps. Il a été surpris par Gala. La pauvre a passé un mauvais quart d'heure. Mais elle va bien.

Carnegie réfléchit et annonça d'une voix grave :

—Je n'aime pas du tout ça. On a surestimé les systèmes de surveillance.

—Je vais les renforcer, répondit Morri.

—Désolé, mais ça ne me rassure pas. Si un homme a réussi à s'infiltrer dans le parc, imagine ce que peut faire un commando déterminé.

—Tu as une meilleure solution ?

—*Oui. On va limiter au strict minimum le séjour des chimères au château. Après la cérémonie de présentation, on les convoiera le plus vite possible jusqu'au Sanctuaire des Dieux.*

—C'est risqué, Carl. Les chimères vont encore subir un stress énorme. Lionne a déjà mal supporté son transport jusqu'ici. Elle s'est réveillée dans l'hélicargo et s'est tellement débattue qu'il a fallu la réanesthésier d'urgence. Je te conseille d'augmenter un peu les doses pour Faucon et Bélier. Ce sera plus sûr.

—*Je vais en parler aux infirmiers. Tout est prêt pour nous recevoir ?*

—On vous attend.

—*Alors, à tout à l'heure !*

—À tout à l'heure.

Morri désactiva son Trans. Les paroles du P-DG annonçant l'accélération du projet résonnèrent longtemps dans sa tête.

—Tu vas trop vite, Carl ! maugréa-t-elle. Je sais que les actionnaires te pressent, mais quand même…

Assise dans le fauteuil de sa chambre, Gala se remettait de ses émotions en caressant Azane. L'animal s'était blotti sur ses genoux et ronronnait comme un moteur.

—Tu te serais jetée sur lui si je ne t'en avais pas empêchée, murmura l'adolescente. Tu aurais risqué ta vie pour moi.

Grâce à l'asp, ses maux de tête s'étaient atténués. Un

gros bourdonnement retentit soudain dans la pièce : Libélul faisait son entrée. Tirée brutalement de sa somnolence, Azane sauta sur le bureau et tenta de surprendre le robot qui se réfugia aussitôt sur une étagère.

— Libélul ! se fâcha Gala. Qu'est-ce que tu fais ici ?

— C'est Morri. Elle m'a dit de veiller sur toi.

— Va-t'en ! Je veux qu'on me laisse tranquille !

— Dommage. J'avais l'intention de te confier un secret.

L'adolescente fixa le robot de ses yeux perçants.

— Quel secret ?

— Hier soir, après que ta mère et toi êtes revenues du pavillon, quelqu'un a appelé Morri pour la prévenir d'un danger.

— Comment le sais-tu ?

Le serviteur dressa l'appendice d'une patte antérieure.

— C'est mon p'tit doigt métallique qui me l'a dit.

— Très drôle, lâcha Gala en soupirant. Tu interceptes les appels de Morri, maintenant ?

— Je n'y suis pour rien ! Je te le promets… Je dois avoir une antenne qui interfère avec son Trans. Si tu veux en savoir plus… ce n'est pas difficile : j'ai mémorisé l'appel.

— Libélul !

— Je sais faire des tas de choses, susurra le robot en faisant vibrer ses paupières en acier. Mais je réserve mes talents pour toi. Rien que pour toi…

— Arrête ton cinéma ! ordonna Gala. Fais-moi écouter leur conversation !

Libélul déplia ses ailes, vérifia qu'Azane s'était écartée et se posa aux côtés de sa maîtresse.

—Tu ne comprendras rien, déclara-t-il d'un air désolé, l'enregistrement est mauvais. Le piratage a ses limites. J'ai dû décrypter chacune de leurs paroles. J'ai compris que l'individu prévenait Morri qu'elle jouait avec le feu. Il lui demandait d'arrêter le projet Chimerics à cause de risques...

—Des risques ? Quels risques ?

—Je ne sais pas. Ils n'en ont pas parlé. Ou alors je n'ai pas réussi à tout capter.

—Il me faut l'identité de ce type !

Libélul fit clignoter ses orbites et lança fièrement :

—J'ai cherché... et j'ai trouvé ! Il s'agit de Khephren Narmer, de nationalité égyptienne. Il est le fils d'Essim Narmer, un célèbre égyptologue mort dans un accident de navette il y a trois ans.

—Khephren Narmer ? Fils d'un égyptologue ? Tiens, tiens ! Intéressant... Appelle-le.

—Impossible. Sa ligne est protégée.

—Quelle poisse ! s'énerva Gala en tapant sur le rebord du lit.

5
Enfin réunies

Morri resta toute la matinée aux côtés de Stef et de Dom dans la salle de surveillance du pavillon des chimères.

—Ça y est ! Lionne se réveille, dit-elle soudain en observant l'écran mural.

Elle calcula que la créature était restée un peu plus de treize heures sous anesthésie. Lionne cligna des yeux et bougea un bras. Elle se frotta les paupières et ouvrit plusieurs fois la gueule pour bâiller, découvrant ses larges crocs acérés. Elle se redressa lentement et s'assit sur le bord de sa litière, puis elle se leva, marcha en titubant, s'arrêta devant la baie vitrée et scruta la cour verdoyante.

—Elle découvre qu'elle a quitté le laboratoire, commenta Morri.

Lionne huma l'air, tourna la tête et repéra le plateau de nourriture déposé devant sa porte. Elle se hâta vers sa gamelle et plongea sa gueule dans la pâtée. Le regard perdu sur l'écran géant, Morri songeait au parcours de sa créature. Ses attitudes, dans les premières années de sa vie, avaient été très chaotiques, comme si son organisme humain avait résisté, un temps, à ses instincts félins. Et puis, il y a trois ans, son comportement était devenu subitement agressif. Des tests avaient montré un dysfonctionnement de certaines glandes hormonales. Des mesures de sécurité avaient dû être prises. Dans le laboratoire de Miami, Bélier et Faucon ne furent pas épargnés. On limita leurs déplacements, et les contacts avec les équipes médicales furent strictement réglementés.

—Voyons si elle n'a pas trop souffert de sa double anesthésie, proposa Morri.

Elle activa l'ouverture de la baie vitrée; deux battants coulissèrent, accompagnés d'un léger sifflement. Les yeux de la chimère étincelèrent.

—Va ! murmura Morri.

Lionne avança lentement en direction de la cour. Les narines en alerte, elle hésitait encore à franchir le seuil.

—Va ! fit en écho Dom.

La créature tendit son museau et renifla l'air ambiant. Le gazouillis des chardonnerets fit frémir ses oreilles. Avec précaution, elle avança une jambe et posa un pied sur le gazon frais.

—Premier contact avec la rosée, commenta Stef avec un sourire satisfait.

Lionne leva la tête et contempla, au-dessus des hauts murs, le feuillage des ormes et des grands chênes. Elle n'avait jamais eu l'occasion d'observer un tel paysage dans le laboratoire de Paris. Elle avança jusqu'au centre de l'enceinte et tourna sur elle-même, comme pour mieux profiter du panorama.

—Elle a l'air d'apprécier, signala Dom.

Mais la chimère ne se contenta pas d'admirer la frondaison. Enivrée par ce soudain contact avec la nature, elle se coucha sur l'herbe et roula plusieurs fois sur elle-même, plantant à chaque fois ses crocs dans la pelouse.

Morri ne quittait pas l'écran des yeux. Son travail aboutissait enfin ! Le comportement joyeux de Lionne était le couronnement de quinze années d'efforts.

—On a eu raison d'y croire, déclara-t-elle avec une émotion contenue.

Lionne cessa de s'ébattre dans l'herbe. Elle se détendit soudain et se dressa sur ses pieds. Elle resta de longues secondes aux aguets, le museau tendu vers le ciel. Le vent poussait les nuages vers le sud.

—On dirait qu'elle attend quelque chose, dit Morri.

Au moment où le soleil apparut, Lionne feula… interminablement.

—Qu'est-ce qui lui prend ? s'inquiéta Dom.

—Elle salue le dieu solaire, répondit Stef avec humour.

Morri et Dom sourirent. Tout à leur satisfaction, ils ne remarquèrent pas, dans un coin de l'image, Azane, installée sur le mur de l'enceinte… ni l'éclair qui s'illumina dans les yeux rouges de Lionne lorsque la chimère aperçut la vieille chatte.

L'hélicargo transportant Bélier et Faucon s'immobilisa au-dessus du château à dix-huit heures quinze. Carl Carnegie, à bord de sa navette privée, se posa à côté du pavillon. La cinquantaine alerte, le visage bronzé, le P-DG avait une allure de conquérant. Morri et lui avaient fait connaissance vingt-cinq ans plus tôt à Oxford, pendant leurs années d'étude en génie génétique. Depuis, leurs parcours professionnels étaient restés intimement liés.

— Morri ! héla-t-il en s'extirpant du cockpit.

La chercheuse lui fit un signe de la main et marcha à sa rencontre.

— Bonjour, Carl. Le transport s'est bien passé ?

— Oui. Les chimères n'ont pas bronché. Les infirmiers-vétérinaires ont choisi de leur administrer des tranquillisants spécifiques, ceux de dernière génération. Et ça a très bien marché !

Gala observait la scène de loin, sous les grands cèdres du parc. Elle avait déjà rencontré Carl Carnegie, trois années plus tôt, à l'occasion d'un week-end qu'il avait passé au château. Durant ce séjour, le P-DG avait eu l'air de bien s'entendre avec sa mère… Sa présence avait ravivé les questions que se posait la jeune fille concernant son père. Elle avait insisté pour que Morri lui révèle son identité. D'abord réticente, la chercheuse avait finalement accepté de parler. « À trente ans, avait-elle expliqué, j'étais désespérée de ne pas trouver l'homme de ma vie. Or je voulais à tout prix avoir un enfant. J'ai beaucoup réfléchi et j'ai finalement décidé de m'adresser à une banque de sperme pour te concevoir. »

Gala avait été choquée. Morri avait ajouté pour se justifier : « Tu sais, beaucoup de gens ont des enfants ainsi. Il n'y a rien de dramatique. On a prélevé un de mes ovules et on l'a fécondé avec un spermatozoïde.

— Comment as-tu choisi… mon père ?

— Les semences sont anonymes. Il y a juste quelques données sur les origines. Je voulais qu'il soit brésilien… le genre de fantasme idiot.

— Tu as choisi son QI, la couleur de ses cheveux, de ses yeux ?

— Pas du tout. C'est interdit. À juste titre, car c'est un jeu dangereux.

— Dangereux ?

— Des gens pourraient utiliser cette technologie pour une prétendue « amélioration des races » dans le monde.

— Et tu m'as portée dans ton ventre ?

— Non… Tu es née dans une matrice artificielle. C'est une solution pratique pour les femmes comme moi qui ne veulent pas être freinées dans leur vie professionnelle. »

Le soir, dans sa chambre, Gala avait longuement pleuré avant de s'endormir.

L'hélicargo maintenait sa position, juste au-dessus du pavillon des chimères.

— Tout est prêt. On va commencer par débarquer Bélier, annonça l'ingénieur chargé de la manœuvre.

Il se tenait au bord de la trappe ouverte dans le ventre de l'hélicargo. Le crissement d'un treuil retentit et un conteneur apparut, suspendu à quatre énormes filins. Il descendit lentement, jusqu'au toit du pavillon. Là, Stef et Dom le firent rouler jusqu'au monte-charge, qui avala sa précieuse cargaison.

— Et d'un. Au tour de Faucon, maintenant, cria Carnegie à l'adresse de l'ingénieur.

La manœuvre se répéta sans incident.

— Voilà nos trois chimères enfin réunies, exulta Carl en serrant Morri contre lui.

Seule, sous les cèdres, Gala se sentait complètement exclue et oubliée.

6
Des cris dans la nuit

Libélul virevoltait autour de Gala, Morri et Carnegie, comme une abeille autour d'un massif de fleurs.

— Tout va bien ? Vous en voulez plus ? Les légumes sont du jardin. On n'en a plus comme ça de nos jours et…

— La paix ! ordonna Morri, agacée.

Le robot toussota et regagna ses fourneaux dans un concert de cliquetis. Gala fronça les sourcils.

— Il n'a rien fait ! Il faut toujours que tu passes tes nerfs sur lui !

Ignorant la remarque de sa fille, Morri se tourna vers Carl.

— Comment as-tu trouvé Lionne ?

— Plutôt bien. L'arrivée de Bélier et de Faucon ne l'a pas trop perturbée.

— Espérons qu'elles se tiendront toutes les trois tranquilles devant les six mille spectateurs de la Concorde, déclara Morri.

Carnegie ne voulut pas commenter les propos

inquiets de la chercheuse. De toute façon, ses pensées étaient ailleurs. Dans les prochains jours, son rêve allait enfin se réaliser. Il songeait à toutes les épreuves qu'il avait dû affronter depuis tant d'années. Vingt ans plus tôt, il avait eu l'idée hallucinante de concevoir des chimères à l'image des dieux égyptiens. Trois créatures uniques au monde allaient incarner les divinités de l'antique Thèbes… pour le plus grand plaisir de millions de visiteurs ! Qui d'autre que lui aurait pu concrétiser un tel projet ? Après leur présentation sur la place de la Concorde, les créatures seraient transférées par hélicargo jusqu'en Égypte, à Thèbes-City, et installées dans un domaine touristico-culturel dénommé « Le Sanctuaire des Dieux ». Cette appellation avait d'abord été rejetée par les différents investisseurs de Chimerics. La majorité d'entre eux trouvait impropre le terme de « sanctuaire ». Ne désignait-il pas communément un lieu protégé, secret, alors que le centre se voulait être une sorte de Disneyworld accueillant le plus de monde possible ?

« Justement ! avait déclaré Carnegie lors d'une réunion décisive. Qui n'a jamais voulu pénétrer dans un lieu sacré, interdit au commun des mortels ? Il existe des milliers de parcs de loisirs dans le monde qui portent des noms banals, sans intérêt. Avec nos chimères, c'est du rêve que nous vendrons ! Un rêve qui mettra chaque touriste en relation avec des dieux égyptiens, en chair et en os, à deux pas des sanctuaires de Karnak ! »

Il avait fait miroiter aux investisseurs des retombées

commerciales gigantesques, et avait facilement obtenu gain de cause. « Nos laboratoires seront submergés de commandes. Des projets plus fous les uns que les autres naîtront. D'autres humanimaux seront réclamés, et comme les ingénieurs de Chimerics sont les seuls à maîtriser ces technologies…

— J'espère, avait grincé le plus important des investisseurs, car pour l'instant Chimerics est un gouffre financier. »

Libélul arriva avec le plateau de fromages et, par un de ces gestes maladroits dont il avait le secret, fit tomber le plus crémeux d'entre eux sur le chemisier de Morri.

— Cette fois, c'en est trop ! hurla la chercheuse.

Elle ordonna sèchement au robot de quitter le salon.

— Demain, je le jette à la décharge, grinça-t-elle en essayant de faire disparaître les taches avec une serviette mouillée.

Gala sentit la colère monter en elle. Mais plutôt que d'exploser, elle préféra décocher une remarque assassine :

— Empêcher le FRV de saboter votre projet… c'est un peu « mission impossible », non ?

Carnegie et Morri manquèrent de s'étrangler.

— Qu'est-ce qu'il y a ? J'ai dit quelque chose qui ne fallait pas ?

— Tu t'intéresses aux opposants, maintenant ? demanda aigrement Morri.

— Ben… Vu que j'en ai eu un sur le dos il n'y a pas si longtemps…

Au même moment retentit un miaulement strident.

— Azane ! sursauta Gala.

Des douleurs aiguës envahirent tout son corps, comme si on la lardait de coups de couteau. Elle se leva et se précipita dans le parc, suivie de sa mère et de Carnegie.

— Gala ! criait Morri. Gala ! Où vas-tu ?

Un miaulement terrible déchira encore le silence.

— Il s'agit peut-être de chats errants, hasarda la chercheuse. Ils se battent sans arrêt ces temps-ci.

Gala courut jusqu'à l'entrée du pavillon et fit irruption dans la salle de surveillance. Elle s'arrêta, horrifiée, devant le spectacle insoutenable transmis par l'un des dix écrans de contrôle. Assise dans sa cour extérieure, Lionne déchiquetait Azane.

7
Révélations

— Gala ? Où es-tu ?

Morri appelait sa fille depuis une demi-heure. Prise de folie, Gala avait d'abord voulu entrer dans l'enceinte de Lionne pour lui retirer le cadavre d'Azane. Elle s'était débattue et avait réussi à se dégager de l'étreinte de sa mère, mais, devant le barrage des infirmiers, l'adolescente avait renoncé et s'était précipitée dans le parc du domaine pour disparaître dans la nuit.

Morri aperçut, dans la pénombre, la haute silhouette de la tour. Elle n'ignorait pas que sa fille s'y rendait en secret quand elle voulait s'isoler. Elle s'approcha et héla :

— Gala ! Ce qui est arrivé est effroyable. Je comprends ce que tu éprouves. Je te demande pardon. Viens, s'il te plaît ! Rentre !

Silence.

— Tu ne vas tout de même pas passer la nuit ici ! Tu vas attraper mal. Rentre !

Étouffée par ses sanglots, Gala restait muette. Morri

n'insista pas, devinant que sa fille, de toute façon, ferait le contraire de ce qu'elle lui demanderait. Calé aux côtés de l'adolescente, Libélul avait coupé tous ses voyants lumineux. La sécrétion des larmes, le battement lourd du cœur, la respiration haletante… tous ces signes émis par le corps de Gala ne laissaient aucun doute sur la gravité de la situation. Le robot comprit qu'Azane avait « rendu l'âme » (comme disent les humains), et que sa maîtresse ne s'en remettrait pas de sitôt. Il mémorisa l'information « Azane décédée », et ressentit une onde de tristesse le long de ses circuits.

Gala attendit que sa mère regagne le château pour laisser éclater sa colère. Elle se leva brusquement dans la nuit et s'acharna comme une enragée sur les objets éparpillés autour d'elle, jetant dans le vide tout ce qui lui tombait sous la main. Libélul dut s'écarter pour ne pas subir sa furie. Quand elle eut fini de se défouler, elle descendit de la tour et se rua vers le château.

— Gala, la suppliait Libélul. Ne fais pas de bêtises !

L'adolescente avançait d'un pas déterminé.

— Je vais lui dire ses quatre vérités, ruminait-elle. Elle va payer pour la mort d'Azane.

Elle chercha Morri au rez-de-chaussée du château, sans succès. Elle grimpa les escaliers, se dirigea vers le bureau de sa mère et entendit soudain son prénom. Elle approcha l'oreille de la cloison, mais la pièce était trop bien insonorisée pour qu'elle saisisse le sens de la conversation.

— Libélul ! lança-t-elle au robot qui l'avait suivie comme son ombre. Tu m'as dit, un jour, que tu possédais un système d'écoute ultra-perfectionné pour enregistrer les sons à travers les parois !

—Euh… Oui… C'est exact.

—Alors, je veux que tu amplifies les voix qu'on entend dans cette pièce.

—Pas de problème, répondit le robot.

Libélul actionna un bras articulé, qui se colla contre le mur, et activa son amplificateur. La voix de Morri retentit aussitôt :

—Ce qui est arrivé est terrible, Carl.

—Que veux-tu que je te dise ? Ce défaut de surveillance est absolument incompréhensible. Je ne comprends pas comment Lionne a pu ouvrir la baie vitrée de sa cellule.

Morri posa son regard sur un holo qui scintillait sur son bureau. Il représentait Azane avec sa fille.

—Azane et Gala avaient des affinités… particulières, déclara-t-elle d'un air grave.

—Particulières ? Qu'est-ce que tu veux dire ?

—Il y a quinze ans, en même temps que Lionne, j'ai voulu créer une femme à tête de chatte : la déesse égyptienne Bastet. Rappelle-toi… J'ai essayé de faire « fusionner » des centaines d'embryons de chatte et d'humain de sexe féminin, mais toutes les tentatives ont échoué.

—Je m'en souviens, réagit Carnegie. C'est même moi qui t'ai convaincue d'arrêter les recherches. Ça commençait à nous coûter cher.

—En réalité, une expérience parmi toutes celles réalisées a failli réussir. La greffe avait presque pris, mais, au dernier moment, les embryons se sont séparés. Plutôt que de les éliminer, j'ai décidé de les conserver tous les deux. Ils se sont développés normalement, chacun de leur côté, dans les couveuses du laboratoire, et ils ont donné deux fœtus normaux : celui d'une chatte et celui d'un bébé humain de sexe féminin.

—Tu veux dire… que Gala et Azane sont les produits de cette expérience ? Mais tu as toujours dit que Gala était ta fille !

—Je voulais un enfant, Carl. L'occasion s'est présentée et je l'ai saisie. Je ne suis pas la mère biologique de Gala, c'est vrai. Disons que je suis sa mère… adoptive. Plusieurs fois, j'ai voulu lui avouer la vérité, mais je n'y suis jamais arrivée. Nous sommes tellement loin l'une de l'autre… J'ai peur qu'elle ne me quitte si je lui révèle tout, tu comprends ?

Carnegie était estomaqué.

—J'ai tout inventé, poursuivit Morri. J'ai dit à Gala qu'elle était née d'un de mes ovules… alors que c'est faux. Je l'ai laissée grandir aux côtés d'Azane. Les années ont passé… Gala et la chatte n'arrivaient jamais à se quitter, comme si leur contact au stade embryonnaire avait induit une forme de dépendance. Mais il y a autre chose de plus troublant, que j'ai compris quand Gala n'était qu'une enfant.

—Quoi ?

—Elle peut voir certaines choses dans l'invisible, comme… les chats.

Carnegie resta interdit.

—Voir… l'invisible ? bredouilla-t-il. Qu'est-ce que tu me racontes ?

—Elle peut voir les auras, quand elle se concentre.

Morri réalisa soudain la portée de ses confidences.

—Carl, promets-moi de garder tout ça pour toi.

—Très bien, répondit Carnegie, sidéré. Tu peux compter sur moi.

Gala était pétrifiée. Après quelques secondes, elle se ressaisit et surgit dans le bureau. Jamais son regard n'avait été aussi sombre. Morri, surprise, balbutia :

—Gala. Je suis désolée pour Azane. Je…

—Tais-toi ! hurla l'adolescente. J'ai tout entendu. Tu m'as fait croire que tu étais ma mère ! Je te hais ! Je te hais ! JE TE HAIS ! Tu m'as gardée comme si j'étais un de tes cobayes !

Morri resta sonnée.

—Bon, lâcha Carnegie, gêné. Je vais vous laisser…

—Pas question ! Vous aller rester ici et entendre ce que j'ai à dire.

—Gala… intervint Morri. Écoute-moi ! Je…

—Laisse-moi parler ! Tu te sentais seule dans ta vie ? C'est ça ? Madame la chercheuse a eu une idée merveilleuse en découvrant un petit embryon en train de se débattre dans son éprouvette : elle a eu un pincement au cœur et a décidé de me faire naître.

—Gala… Ne sois pas cynique…

—Cynique ? Regarde-toi plutôt ! Tu n'as jamais su m'aimer ! D'ailleurs, tu n'as jamais su aimer ! Il n'y a que toi qui comptes dans ta vie ! Tu as lassé tous les hommes autour de toi. Ils se sont tous sauvés ! Ton égoïsme les a fait fuir. Je sais pourquoi tu passes toute ta vie à regarder dans des microscopes : pour éviter les autres. Pour ne pas voir les problèmes des autres ! Ma détresse, par exemple… Quand j'avais besoin de tendresse et que tu ne me donnais rien… Tu m'as couverte de jouets pour te racheter… mais l'essentiel, donner de l'amour, tu ne sais pas. Tu n'as jamais su !

Morri, déstabilisée, restait sans voix.

—Gala, s'interposa Carnegie. Reprends-toi ! N'accuse pas Morri de tous les maux…

—Pas de tous les maux ! De *mes* maux ! Elle m'a menti toute ma vie. Elle m'a fait naître juste par curiosité… par égoïsme ! « Pour voir ce que ça donnerait », comme un animal de laboratoire. Maintenant, je sais pourquoi je ne suis rien pour elle.

Morri gifla sa fille… et le regretta aussitôt. Lourd silence. Gala fixait sa mère avec une haine assassine.

—Gala… je…

L'adolescente écarta, d'un revers de la main, le bras que sa mère tendait vers elle. Puis, de rage, elle quitta la pièce.

—Je te hais ! cria-t-elle en claquant la porte.

Dans sa chambre, elle tourna longtemps comme une furie, martelant les meubles et fracassant impitoyablement ses anciens jouets contre les murs. Après quelques minutes, elle stoppa net devant le grand miroir, saisit une chaise et la jeta contre son image, pulvérisant la glace en mille fragments.

— Tu me le paieras ! maudit-elle. Tu me le paieras !

Puis elle s'effondra en pleurs devant un holo d'Azane.

8
Place de la Concorde

Une arène gigantesque de forme ovale avait été édifiée par Chimerics sur la place de la Concorde. Le magnifique obélisque de Louxor, offert par l'Égypte à la France, se dressait au centre de la piste. Il était cinq heures de l'après-midi, et Paris se préparait à la grande cérémonie de présentation des chimères. Trois siècles plus tôt, de funèbres « spectacles » avaient été organisés en ce lieu : plus de mille personnes y avaient été guillotinées, dont Louis XVI, Marie-Antoinette, Danton et Robespierre. Mais l'heure n'était plus à la Révolution, et les Parisiens qui s'attroupaient n'avaient d'yeux que pour les portraits géants des trois chimères, suspendus aux mâts des tribunes. Ces grandes toiles tendues donnaient à la structure des allures de vaisseau. Au même instant, dans le ciel de Paris, un hologramme irisé affichait le nom de Chimerics en lettres capitales.

—Tout est prêt, se félicita Carnegie en cachant mal la tension qui l'habitait. Plusieurs ministres, et même le président de la Confédération, ont répondu à notre invitation. La tribune officielle est remplie. *Terre-News* couvre l'événement.

— Que sont devenus les militants du FRV qui ont manifesté ce matin ? demanda Morri.

— Tous arrêtés, préventivement. Le préfet m'a assuré qu'ils resteraient enfermés pendant au moins quarante-huit heures. Chaque spectateur est fouillé. L'arène a été inspectée de fond en comble. Même si un de leurs militants réussissait à passer, que pourrait-il faire ? Six mille personnes ont payé pour voir le spectacle. Et cher ! Gare à celui qui oserait gâcher leur plaisir.

Tandis que les spectateurs prenaient place dans les gradins, les trois créatures de Chimerics, gavées de tranquillisants, écoutaient les clameurs de la foule. Elles avaient quitté le château trois heures plus tôt et avaient été transportées dans un pavillon, érigé pour l'occasion, devant les grilles du jardin des Tuileries. Un tunnel d'accès reliait cette structure provisoire à la piste de l'arène. Les infirmiers-vétérinaires s'affairaient autour des cages pour les approvisionner en eau, en fruits juteux et en volailles crues.

Les yeux rivés sur Lionne, Morri restait silencieuse. Un sentiment de culpabilité la taraudait, réveillant d'anciennes douleurs de ventre. Elle ressassait les propos durs de sa fille et essayait de les atténuer par de vieux souvenirs, comme ces instants de tendresse partagés avec Gala quand elle n'était qu'un bébé fragile, toutes ces heures à veiller sur elle, toutes ces nuits blanches passées à la bercer pour qu'elle s'endorme.

Elle se remémora le bonheur d'exécuter ces gestes quotidiens, elle qui avait si longtemps repoussé l'expérience d'avoir un enfant pour ne pas contrarier sa carrière. Mais cette période heureuse n'avait duré que quelques mois. Les humanimaux venaient d'être conçus, et Carl Carnegie avait insisté pour qu'elle s'occupe personnellement du développement de Lionne. Elle avait embauché une nourrice, puis une préceptrice pour s'occuper de Gala.

J'ai été trop absente, se répétait-elle en se mordant les lèvres. *J'ai cherché à me déculpabiliser en noyant mon enfant sous une avalanche de cadeaux... Je lui ai menti sur ses origines... J'ai eu tout faux! Je ne récolte que ce que j'ai semé.*

Pendant les jours qui suivirent la mort d'Azane, la chercheuse avait maintes fois tenté de renouer le contact avec sa fille. Elle avait cherché à s'excuser, mais Gala avait systématiquement refusé de l'écouter.

Dom s'approcha des cages et murmura aux chimères :

— N'ayez pas peur. Vous allez juste gambader tranquillement pendant quelques minutes. Personne ne vous fera de mal.

Lionne se balançait d'avant en arrière. L'air frais excitait ses narines. Chaque cri émanant du public la mettait en alerte. Ses oreilles se dressaient et ses pupilles pétillaient, malgré les tranquillisants. Elle poussait de temps en temps des grognements à l'attention des infirmiers-vétérinaires. Faucon et Bélier, eux, attendaient tapis dans l'ombre.

—Le public est en place, annonça Morri. Encore quelques minutes et on sera fixés.

La voix d'un présentateur retentit :

—Mesdemoiselles, mesdames, messieurs ! En avant-première mondiale, nous avons l'honneur de vous présenter les trois créatures les plus étonnantes qui aient jamais été conçues sur notre planète. Elles sont l'aboutissement de nombreuses années de recherche et n'existeraient pas sans la prodigieuse obstination d'un homme dont vous connaissez le nom… Je veux bien sûr parler de Carl Carnegie !

Des applaudissements fournis s'élevèrent des tribunes. Le P-DG de Chimerics ne put réprimer un sourire de contentement.

—Merci… Merci, clama-t-il. Mais ne pensez pas que je suis l'unique promoteur de ce projet. Chimerics est une société à capitaux internationaux, et, sans la confiance de tous nos investisseurs, je n'aurais jamais pu mener cette aventure à bien.

Debout devant le logo de sa firme, Carnegie fixait la caméra de *Terre-News* avec une grande délectation. L'homme était d'une aisance rare dès qu'il s'agissait de se mettre en scène. Grâce à quelques coups médiatiques savamment orchestrés, il avait conquis le cœur du grand public et avait su convertir ce capital de sympathie en gage de confiance pour les activités de sa société.

—Carl Carnegie, reprit le présentateur, parlons franchement : créer ces chimères n'a pas été de tout repos.

— Oui… C'est vrai. Ça n'a pas toujours été facile. Mais tout s'est débloqué quand la Confédération a autorisé la création de chimères à composantes humaines, ce qu'on appelle aujourd'hui les humanimaux. C'était il y a un peu plus de quinze ans. Et je remercie ici, solennellement, le président de la Confédération.

Celui-ci se leva sous les applaudissements de la foule.

— Pourquoi avoir si longtemps « caché » vos créatures ? continua le présentateur.

— Pour une raison simple. Pendant les premières années de leur vie, les chimères étaient des organismes très fragiles. Nous avons dû améliorer, année après année, leur potentiel immunitaire. Comme elles auraient pu succomber au moindre virus, nous avons fait le choix de les isoler du monde et de ne les présenter qu'au moment où elles pourraient intégrer leur nouveau domaine sans aucun risque pour leur santé.

— Le fameux Sanctuaire des Dieux, s'exclama le présentateur. Nous allons le découvrir en images.

Le site apparut en hologramme au-dessus de l'arène. Construit dans l'ancien lit du Nil, à Thèbes-City, l'édifice rayonnait de mille feux sous les caresses du soleil couchant.

— Quelle magnifique architecture ! commenta l'animateur.

— Nous avons voulu édifier un bâtiment qui rende hommage à la majesté des temples pharaoniques, précisa Carnegie.

— Quelles sont vos estimations concernant la fréquentation du site ?

— Des millions de touristes visitent chaque année les temples de Karnak et les tombeaux des grands pharaons. Nous sommes persuadés qu'ils ne manqueront pas de s'arrêter dans notre Sanctuaire des Dieux. Qui voudrait repartir d'Égypte sans avoir rencontré trois « divinités égyptiennes » en chair et en os ?

— Vous nous mettez l'eau à la bouche, monsieur Carnegie. Je crois qu'il est temps de découvrir vos mystérieuses créatures.

Les yeux des spectateurs se tournèrent vers l'ouverture béante du tunnel. Six caméras volantes prirent position au-dessus de l'accès. Une mélodie onirique commença à poindre, bientôt suivie d'un chant oriental empreint de tonalités égyptiennes.

— J'ai l'honneur de présenter la première créature, clama solennellement le speaker.

Le public retint son souffle… Une silhouette géante et massive apparut : celle de Faucon. L'humanimal, au corps humain et à la tête de rapace, resta un instant immobile sur le seuil du tunnel, sonné par la brusque luminosité. Il portait une courte tunique bleue. Le vêtement, serré par une ceinture au niveau des hanches, rappelait les habits égyptiens peints sur les murs des tombeaux. Quatre bracelets de métal ornaient ses poignets et ses bras, accentuant la puissance de son allure. Des rumeurs s'élevèrent des tribunes. Jamais une tête de faucon n'avait atteint une telle taille ! La créature scrutait silencieusement les spectateurs. Son bec crochu et luisant était aussi tranchant qu'un poignard courbe. Ses yeux perçants ressemblaient à deux billes lumineuses roulant dans des orbites caverneuses. Le président de la Confédération ne put se retenir de toussoter. Carnegie pria le ciel pour que tout se passât bien.

— Que fait-il ? s'impatienta Morri en observant la silhouette de Faucon à l'autre bout du tunnel. Il ne bouge pas.

Accoudée aux barrières des premiers gradins, Gala était subjuguée.

À quoi s'est joué mon destin ? se demandait-elle. *J'aurais pu finir comme tous les autres embryons dans l'incinérateur de Chimerics. Ma pauvre Azane aussi. Pourquoi suis-je là, au milieu des spectateurs, alors que tout était programmé pour que je sois de l'autre côté de la barrière... avec les chimères ?*

Elle déglutit et chassa cette question qui la mettait si mal à l'aise. Au même moment, la créature avança d'un pas lent vers le centre de l'arène, sa tunique scintillant sous les rayons du soleil. L'adolescente ferma les yeux et se concentra. Lorsqu'elle rouvrit les paupières, son cœur fit un bond.

— Son aura... balbutia-t-elle en observant Faucon. Elle est... noire et dorée, comme celle de Lionne !

Les premiers applaudissements retentirent, suivis très vite de centaines, de milliers d'autres.

Ça marche ! se réjouit Carnegie.

Le présentateur dut réclamer le silence :

— Cher public, monsieur Carnegie ainsi que tous les initiateurs de ce projet ont décidé de profiter de cette cérémonie pour baptiser les trois chimères qu'ils ont créées. Je vous présente donc… Khonsou !

À l'annonce de son nouveau nom, les pupilles de Faucon se dilatèrent.

— Je rêve… murmura Gala. Son aura devient de plus en plus dorée. Sa noirceur disparaît.

— Khonsou était l'une des trois divinités vénérées dans l'antique ville de Thèbes, précisa le speaker. Tout comme Horus, le fils d'Isis et d'Osiris, il était représenté sous l'aspect d'un homme à tête de faucon.

L'humanimal s'approcha de l'obélisque et leva la tête au ciel. La hauteur du monument — près de vingt-trois mètres — semblait l'intriguer. Soudain, le Trans de Gala vibra. Qui pouvait bien l'appeler ? Elle porta l'appareil à son oreille.

— *Tu reconnais ma voix ?*

— …

— *Souviens-toi : la tour. J'ai des révélations importantes à te faire au sujet des chimères. Viens me rejoindre à l'entrée 6 du gradin K. Tu n'as rien à craindre, mais ne préviens personne.*

— Mon agresseur… murmura l'adolescente.

9
Le pouvoir des noms

Rassurée par la présence du public, Gala rejoignit le lieu du rendez-vous et observa les allées et venues des spectateurs. Elle attendit quelques secondes, et aperçut soudain une silhouette traverser furtivement les escaliers.

C'est peut-être lui, se dit-elle. *Il a disparu sous les gradins.*

Elle s'approcha prudemment des piliers métalliques… et fut brusquement entraînée par un bras sous les tribunes.

— C'est moi, glissa une voix à son oreille. Ne crie pas. Tu n'as rien à craindre. Je te demande juste de me suivre.

La main desserra progressivement son étreinte. Gala se retourna et découvrit le physique d'un jeune homme d'une vingtaine d'années, de taille légèrement supérieure à la sienne. Il était chauve, ce qui la choqua dans un premier temps. Son crâne anormalement allongé accentuait son étrangeté.

— Tu me crois assez idiote pour te suivre ? se braqua-t-elle.

Malgré la semi-obscurité, l'inconnu distingua les yeux farouches et les cheveux bicolores de l'adolescente. Son attitude de défi n'était pas sans lui déplaire.

—Qu'est-ce que tu as à me regarder comme ça ? s'énerva Gala.

—Viens ! répondit le jeune homme en s'enfonçant entre les structures des gradins.

Gala aurait dû faire demi-tour. Mais l'inconnu l'attirait ; peut-être la profondeur de son regard… Se fiant à son instinct, elle avança dans son sillage. Ils se faufilèrent dans une forêt de piliers, puis s'arrêtèrent dans un espace sombre strié par des rais de lumière.

—D'ici, on peut observer le centre de l'arène, dit l'inconnu.

Il s'assit dans un coin et ajouta :

—Je m'appelle Khephren Narmer. Mais tu peux m'appeler Kheph.

Gala répondit par un coup de pied dans son tibia gauche.

—Aïe ! Du calme ! s'écria le jeune homme.

—C'est pour le cran d'arrêt dans le dos, sur la tour.

—Ce n'était pas un couteau, c'était un stylo !

—Et ça… poursuivit l'adolescente en offrant le même traitement au tibia droit, c'est pour tout le temps où j'ai attendu bâillonnée.

—Bon sang ! grogna Kheph en protégeant ses jambes. Tu ne perds pas de temps pour régler tes comptes…

Gala se calma et s'adossa à un pilier.

— Si j'ai bien compris, dit-elle, c'est toi l'Égyptien qui harcèle ma mère sur son Trans.

— Elle t'en a parlé ?

— Non. Mais je le sais.

La voix du présentateur retentit soudain dans l'arène. Faucon venait de réintégrer sa cage, et une deuxième chimère allait apparaître.

— Mesdames et messieurs, voici la troublante, l'envoûtante… Sekhmet ! La déesse à tête de lionne, la terreur de l'Égypte ! Les prêtres la suppliaient chaque jour afin qu'elle épargne la race humaine.

— Les fous… lâcha Kheph.

— Tu as dit que tu avais des révélations à me faire quand tu m'as appelée sur mon Trans, s'impatienta Gala. J'attends…

L'Égyptien dévisagea l'adolescente.

— Je crois que tu es une des rares personnes à pouvoir comprendre, confia-t-il.

— Comprendre quoi ?

— Ce que j'essaie d'expliquer à ta mère et aux autres depuis que je connais leur projet : que les chimères qu'ils ont créées vont bientôt leur échapper.

Un rugissement terrible s'éleva brusquement de l'arène. Tous deux regardèrent en direction de la piste et observèrent Lionne, revêtue d'une tunique rouge. La créature eut droit aux mêmes applaudissements que Khonsou.

Je la hais, grommela en elle-même l'adolescente. *Je lui ferai payer son crime, je le jure !*

Lionne se tourna subitement dans leur direction.

Gala sentit un frisson parcourir son dos.

Elle perçoit ma haine, se dit elle. *Elle la perçoit...*

La chimère balançait son torse de gauche à droite, en permanence sur ses gardes. Sa gueule terrifiante s'ouvrait parfois, comme pour dissuader d'éventuels agresseurs.

—Son aura... lâcha soudain Gala. Elle est devenue... totalement dorée. Comme celle de Faucon.

—Je ne m'étais pas trompé ! réagit Kheph. Tu peux voir l'invisible.

Gala, désarçonnée, se retourna vers le jeune homme. Elle avait toujours caché son don, et voilà que cet étranger la démasquait.

—Cette aura que tu vois, poursuivit Kheph, tu veux savoir pourquoi elle est devenue couleur or ?

L'adolescente recula, dans un geste de défiance.

—Tu as peur de quoi ? insista le jeune homme. De la vérité ? D'accord... ce que je vais t'apprendre te paraîtra si effrayant que tu auras envie de te boucher les oreilles. Mais bientôt, on ne me prendra plus pour un illuminé. Ta mère, Carl Carnegie... tous se rappelleront mes paroles et se mordront les doigts de ne pas m'avoir écouté.

Il reprit sa respiration et poursuivit :

—Les généticiens de Chimerics ont créé des créatures à l'image des dieux de Thèbes. Ils ignorent que les chimères vont bientôt se retourner contre eux. Les humanimaux qui défilent aujourd'hui sont déjà « possédés » par les divinités égyptiennes.

Gala manqua de s'étrangler.

— C'est ça, ta « vérité » ? Tu en as encore beaucoup comme celle-là ?

Kheph tapa du poing contre une barre métallique.

— Bon sang ! Vous êtes tous les mêmes ! Pour vous, les dieux égyptiens appartiennent au passé. Tout ce qui n'appartient pas au monde moderne est du folklore ! Que connaissez-vous de la civilisation égyptienne ? Hein ? Rien ! Vous avez tout oublié ! Pourtant, tout est écrit !

— Qu'est-ce qui est écrit ? demanda Gala, intriguée.

— Mon père, Essim Narmer, était un très grand égyptologue. C'est lui qui a tout découvert. Il a participé pendant de nombreuses années aux travaux de Donatella Emeraud, à l'Université de Paris.

— Donatella Emeraud ? Connais pas…

— C'est une chercheuse en physique quantique. Elle a mis en évidence, expérimentalement, l'existence de plusieurs niveaux vibratoires dans l'univers. D'après son échelle, le monde minéral occupe la première dimension, et le monde végétal la deuxième. L'humanité évolue avec les animaux dans la troisième dimension. Des êtres spirituels, invisibles, évoluent dans la quatrième.

— Quel rapport avec l'Égypte ?

— Tu ne comprends pas ? Les divinités adorées dans l'Antiquité existent réellement. Ce sont des êtres appartenant à la quatrième dimension.

— N'importe quoi !

— Écoute-moi… Dans sa thèse, Donatella Emeraud décrit toutes les expériences qui l'ont amenée à découvrir les différentes dimensions. C'est tellement irréfutable que les plus grands noms de la science ont préféré ne pas l'attaquer. Et c'est tellement dérangeant que les médias préfèrent garder le silence.

—Est-ce que… tu es en train de me dire que les dieux égyptiens viendraient de l'espace ?

—Pas de l'espace, d'une autre dimension. Donatella Emeraud a prouvé que les esprits des dieux vivaient dans des niveaux vibratoires aux fréquences plus élevées que les nôtres. C'est pour cette raison que nos yeux humains ne peuvent pas les voir. Il y a cinq mille ans, de grands initiés égyptiens ont trouvé le moyen d'attirer certains de ces esprits sur terre, en les « accueillant » dans des corps d'animaux ou dans la pierre des statues. Grâce à leurs cultes, l'Égypte a dominé le monde. Pendant des millénaires, les pharaons ont été en relation avec ces esprits « divins ». Quand la religion d'Osiris s'est effacée au profit d'autres dieux, Amon-Rê et les autres sont retournés dans leur dimension.

—Et tu prétends qu'aujourd'hui… ils sont de retour ?

—Oui ! Mon père était persuadé qu'ils profiteraient de la création des humanimaux pour « descendre » à nouveau sur terre et faire revivre leurs cultes. Il a mis les autorités égyptiennes en garde contre les projets de Carl Carnegie. Malheureusement, il a trouvé la mort dans un accident de navette.

Kheph observa Lionne et déclara :

—Tu vas comprendre maintenant pourquoi le nom était la dernière force qui leur manquait.

—Le nom ?

—Qu'ils soient prononcés ou gravés dans la pierre, les noms ont les vertus et les pouvoirs de ceux qui les portent. Les grands prêtres connaissaient ce principe vibratoire.

—Je ne comprends pas…

—Donner à Lionne le nom de Sekhmet revient à attirer l'esprit de la déesse dans le corps de la chimère. Les prêtres égyptiens ne procédaient pas autrement pour attirer les dieux dans le corps des statues élevées dans leurs temples.

Gala fixa longuement Kheph.

—Je n'avais jamais entendu parler… de ce pouvoir des noms. C'est difficile à croire.

—C'est pourtant la vérité. Pour les Égyptiens, les noms étaient vivants : puissants et vulnérables à la fois. Si tu examines les peintures ou les gravures égyptiennes, tu verras toujours les noms des pharaons enfermés dans un cartouche. Ce n'était pas pour faire beau… mais pour les protéger des vibrations extérieures. Et si tu doutes encore, regarde ce que sont devenus Faucon et Lionne depuis qu'ils ont reçu leur nom divin. Les teintes sombres que tu visualisais étaient les dernières traces de leur animalité. Depuis qu'ils ont été « baptisés », les vibrations dorées se sont imposées. C'est la marque des dieux…

—Voici, à présent, la dernière créature conçue par Chimerics, clama le présentateur.

Sekhmet venait de réintégrer sa cage.

— Je vous demande d'applaudir le grand, le majestueux… Amon-Rê !

Un humanimal à tête de bélier entra dans l'arène. Ses quatre bracelets étincelants et sa tunique, en partie brodée de fils d'or, évoquaient un rang prestigieux. Ses cornes se déployaient de part et d'autre de son crâne en deux longues spirales gracieuses, parfaitement symétriques. Ces deux « antennes » majestueuses s'élevaient vers le ciel comme un trophée impérial. Son museau, rose tacheté de noir, frémissait nerveusement. Son pelage, clairsemé dans la région du cou, disparaissait totalement aux abords du vêtement, laissant la place à une peau rose, légèrement velue. Ses orbites ressemblaient à ceux des béliers, avec leurs pupilles noires, étroites comme des échancrures, barrant horizontalement des iris jaunes. Mais la similitude avec l'espèce ovine s'arrêtait là, car une force inhabituelle jaillissait du regard de Bélier. Quiconque l'aurait approché à cet instant aurait remarqué l'étrangeté de ses yeux… brillants comme deux soleils. Après avoir longuement observé la foule, la créature leva la tête et avisa les nuages amassés autour de Paris. Il inspira par ses larges narines. Aussitôt, une brise légère se leva, réveillant au-dessus de l'arène les drapeaux endormis. L'humanimal ferma lentement les paupières, comme pour sceller cet instant, puis il les rouvrit et avança en seigneur jusqu'à l'obélisque.

— Son aura est devenue encore plus dorée que celle des autres chimères, murmura Gala en protégeant ses yeux. C'est… incroyable !

Amon-Rê s'immobilisa devant l'aiguille sacrée et scruta à nouveau le ciel. Le vent déplaçait les lourds cumulus.

—Que se passe-t-il ? s'inquiéta Gala.

—Déguerpissons ! répondit vivement Kheph en l'entraînant vers la sortie.

Trois éclairs aveuglants zébrèrent soudain le ciel de Paris, puis trois détonations terribles ébranlèrent l'arène. La foudre venait de tomber dans le jardin des Tuileries. Dans les tribunes, des mains se levèrent pour désigner les nuages noirs qui s'amoncelaient.

—Restez calmes ! s'égosillait le présentateur.

Mais le vent se déchaîna, secouant dangereusement la structure des gradins. Les toiles tendues au-dessus de l'arène furent arrachées dans un fracas assourdissant. Les représentants de la Confédération, guidés par Carnegie, s'esquivèrent par une sortie de secours.

—Que fait Bélier ? cria Morri.

Les bras au ciel, l'humanimal tournait sur lui-même. Il semblait commander au carrousel de nuages qui noircissait le ciel…

10
L'Oracle

De mémoire de Parisien, jamais tempête n'avait soufflé aussi violemment sur la capitale. La foule, paniquée, se dispersa dans les rues. La bourrasque déracina une dizaine de platanes dans le jardin des Tuileries et manqua de projeter une partie des gradins, heureusement évacués, contre l'ambassade des États-Unis. Les navettes garées autour de la place de la Concorde furent projetées les unes contre les autres. Des trombes d'eau s'abattirent sur la cité. Réfugiés avec une cinquantaine de personnes sous le pont de la Concorde, Gala et Kheph attendaient que le déluge prenne fin.

—Une tempête éclate sur Paris au moment où Bélier apparaît et tu prétends que c'est le fruit du hasard? s'énervait l'Égyptien.

—Mais enfin, riposta Gala. Qu'as-tu comme preuves? Des auras hors du commun, des coïncidences climatiques... Et alors? Ces humanimaux ont peut-être des pouvoirs inconnus... ils utilisent peut-être des forces qui nous dépassent, mais ton histoire de dieux égyptiens et de dimensions vibratoires, c'est vraiment du délire !

— Je ne suis pas un déséquilibré, Gala.

La tempête s'apaisant, les personnes réfugiées sous le pont commencèrent à quitter l'abri les unes après les autres. Gala tourna les talons et s'apprêta à partir.

— As-tu entendu parler de l'Oracle ? lâcha Kheph.

L'adolescente s'arrêta net.

— Le quoi ?

— L'Oracle d'Égypte. En 2015, une équipe d'égyptologues français a exhumé un fragment de stèle sous un temple de Karnak, à Thèbes-City. Il s'agissait d'une plaque de granite brisée, recouverte de hiéroglyphes. Les égyptologues ont décrypté le message suivant : « Tremblez, humains ! Quand les dieux seront de retour, leur colère sera grande… » Le texte était incomplet. Les Français ont recherché le fragment manquant, mais ils n'ont jamais pu le trouver.

— Qu'est-ce qu'il a de si extraordinaire, ton bout de caillou ?

— Les spécialistes ont estimé que cette stèle datait du règne d'Akhenaton, un pharaon qui a vécu entre 1400 et 1300 avant Jésus-Christ. Akhenaton est un monarque unique dans l'histoire de l'Égypte. Il est le seul à avoir essayé de réduire le pouvoir des prêtres en écartant le culte d'Amon et des autres dieux. Avec la reine Nefertiti, il a instauré le règne d'Aton, dieu suprême et unique incarné par le Soleil. Il a même construit une nouvelle capitale au nord de Thèbes. Les égyptologues ont donc pensé que la stèle avait été gravée par des prêtres insurgés qui réclamaient le retour de leurs divinités.

—Je ne vois pas le rapport avec les chimères, se lassa Gala.

—J'y arrive. Il y a cinq ans, mon père a découvert le fragment manquant de la stèle lors d'une fouille dans une cour de Karnak.

—Et ?

—Il a pu reconstituer le texte en entier. Rappelle-toi, le premier fragment se termine par : « leur colère sera grande… » La suite est : «… car les temples seront détruits. En ces temps futurs, les sangs de l'homme et de l'animal seront mêlés. Les dieux de chair s'envoleront d'Occident. Alors l'Égypte sombrera dans le chaos. »

Gala haussa les épaules.

—Je n'y crois pas… C'est du pipeau, comme les prétendues prédictions de Nostradamus.

—Mon père a procédé à toutes les expertises nécessaires, et les inscriptions datent bien du règne d'Akhenaton. Seulement, cet oracle ne concerne pas les bouleversements qui eurent lieu pendant cette période. Il prédit un retour des dieux à une date ultérieure. La nôtre ! Le texte est clair : « En ces temps futurs, les sangs de l'homme et de l'animal seront mêlés. » Il s'agit de notre époque, celle de la fabrication des chimères. Il est aussi question d'un voyage des dieux par les airs depuis l'Occident… comme les créatures de Chimerics ! Il parle aussi de « dieux de chair ». Tout coïncide !

— Si cette découverte est si importante, pourquoi ton père ne l'a-t-il pas divulguée ?

— Qu'est-ce que tu crois ? Quand il a eu connaissance du projet du Sanctuaire des Dieux, il a aussitôt alerté les autorités de mon pays. Mais personne ne l'a pris au sérieux. Seul le commandant Iskander, un ami d'enfance, a bien voulu l'écouter. C'est un personnage influent, responsable du Centre de sécurité de Thèbes-City. Il a essayé de le soutenir, mais mon père est mort avec ma mère, dans un accident de navette au-dessus de la Méditerranée, il y a trois ans. Je suis sûr qu'il était devenu trop « gênant ». Ses révélations avaient fini par déranger certains ministres de mon pays, corrompus par Chimerics. Pas de Sanctuaire des Dieux, pas de pots de vin.

— Et tu as décidé de reprendre le flambeau.

— Exactement ! J'ai appelé ta mère plusieurs fois, mais elle n'a jamais voulu m'écouter. La semaine dernière, en désespoir de cause, je me suis glissé dans votre château pour épier le comportement des chimères. Je voulais savoir de quoi elles étaient capables. Ce que tu viens de me dire sur leurs auras rejoint ce que je pense. Plus rien ne peut me faire douter : les esprits des dieux utilisent les corps de Bélier, de Lionne et de Faucon pour *revisiter* notre dimension. L'Oracle dit : « Tremblez humains ! Quand les dieux seront de retour, leur colère sera grande... » Lorsqu'ils vont découvrir que leurs temples sont en ruine, comment crois-tu qu'ils vont réagir ? Il est écrit : « Alors l'Égypte sombrera dans le chaos. »

Gala avança en silence jusqu'au rideau de pluie qui ruisselait du pont. De l'autre côté de la Seine, les gens s'activaient pour rejoindre leur domicile. Les gros cumulus commençaient déjà à s'éloigner de Paris, laissant la place à une clarté violente réverbérée par les pierres humides. Elle baissa les yeux et observa, songeuse, les tourbillons du fleuve engloutir les débris flottants. Depuis la mort d'Azane et les révélations de Morri, l'adolescente se sentait meurtrie et trahie. La gorge serrée, elle revoyait Lionne déchiqueter son amie. Les auras dorées des chimères défilaient devant ses yeux. Elle se rappela les bras dressés de Bélier, dans l'arène, comme si la créature avait commandé au ciel.

— Qui sont exactement Amon-Rê, Sekhmet et Khonsou ? demanda-t-elle en se tournant vers Kheph.

— Amon-Rê était le plus puissant des dieux égyptiens, celui qui a été vénéré à Thèbes pendant la période glorieuse du Nouvel Empire.

— Et Sekhmet ?

— Elle terrorisait le pays. Une légende raconte qu'elle a tué jadis tous les humains qui s'étaient dressés contre Rê, le dieu solaire. Son carnage a failli faire disparaître notre race de la terre. Elle peut semer la terreur en propageant les épidémies, en soufflant des vents de sable brûlants.

— Et Khonsou ?

— Ce n'est pas mieux… Il commande à des armées de génies destructeurs et peut anéantir l'humanité quand il le veut.

—Et… ils sont toujours aussi néfastes ?

—Non. Ils ont aussi un côté favorable aux hommes. Encore faut-il que les humains les respectent. Et c'est justement là que le bât blesse. Aujourd'hui, leurs temples sont détruits…

—Tu es en train de m'annoncer qu'on court à la catastrophe… C'est ça ?

Kheph déglutit, puis respira profondément.

—Mon père répétait que rien n'est jamais écrit, que l'homme a toujours son destin en main. Il estimait qu'il était possible d'obliger Amon, Sekhmet et Khonsou à quitter notre dimension.

—Quitter notre dimension ? sursauta Gala. Et comment ? En leur demandant gentiment ?

—En supprimant les corps qui leur permettent d'agir.

—Tu veux tuer… les chimères ? Mais c'est de la folie ! Jamais, tu…

—Il faut les éliminer avant qu'elles ne nous détruisent, l'interrompit Kheph.

Gala se ressaisit. Elle pensa à la mort horrible d'Azane, et la haine la submergea.

—Elles ont déjà commencé à nous détruire… maugréa-t-elle.

Elle fronça les yeux, comme si une volonté sombre s'emparait de son âme.

—Tu acceptes de m'aider ? insista Kheph.

Elle acquiesça de la tête.

—Réfléchis bien. Nous allons nous attaquer à des esprits aux pouvoirs effrayants. Ils pourront nous massacrer quand ils le voudront. Dans les temples égyptiens, les prêtres vénéraient les animaux dans lesquels les dieux s'incarnaient. Le moindre faux pas leur était fatal. Tu as vu la tempête déclenchée par Amon-Rê et…

— Je suis prête ! l'interrompit Gala.

Deuxième partie

La colère des dieux

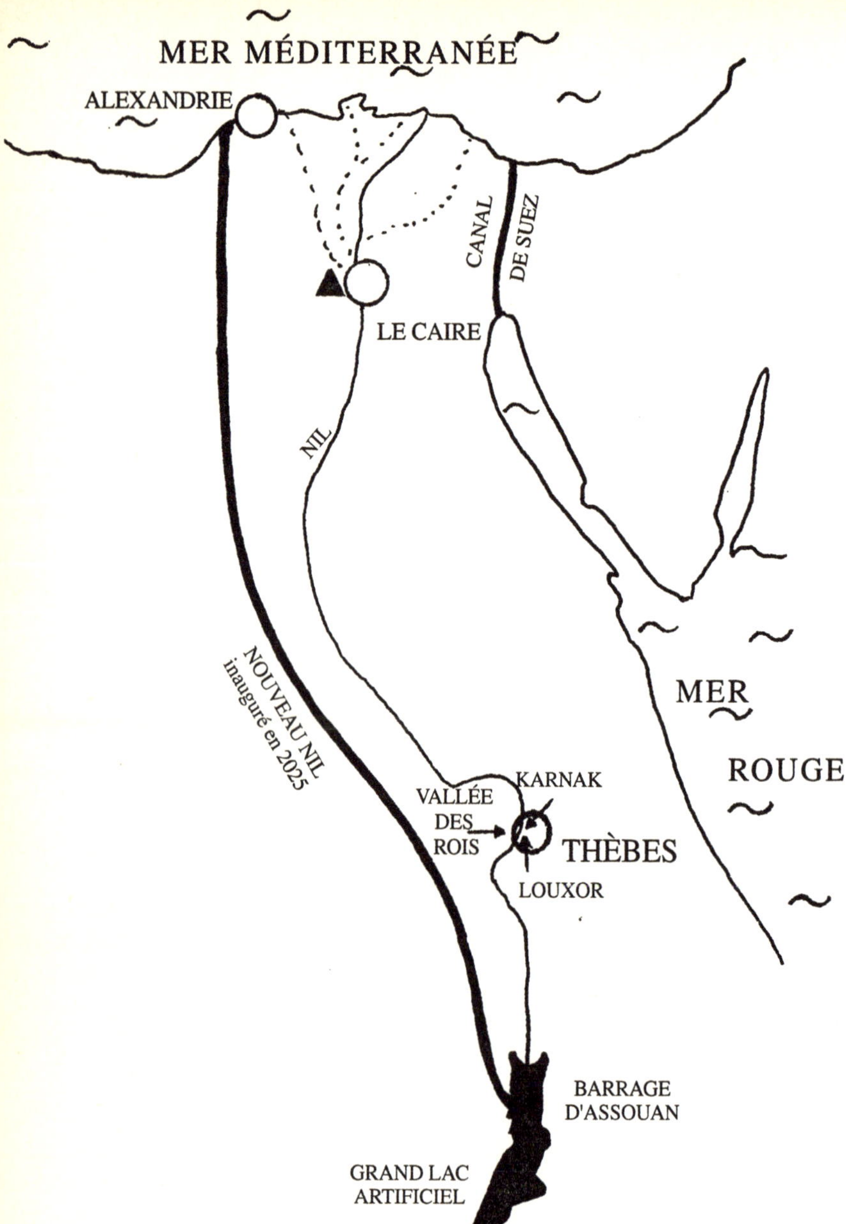

CARTE DE L'ÉGYPTE EN 2085

II
En terre égyptienne

Dans la navette qui survolait la Méditerranée, Gala ne cessait de penser aux paroles de Kheph : « Il faut éliminer les chimères avant qu'elles ne nous détruisent. »

Juste après le spectacle écourté de la place de la Concorde, elle était retournée dans l'arène et avait observé, de loin, les chimères embarquées par les hommes de Chimerics. Elle avait entr'aperçu les silhouettes de Bélier, de Faucon et de Lionne, et avait pu constater, malgré la distance, combien leurs auras s'étaient développées. Intenses et dorées, elles rayonnaient largement autour des créatures. En comparaison, celles de leurs soigneurs paraissaient ridicules. L'adolescente n'avait pas trouvé d'autre explication que celle apportée par Kheph : le pouvoir des noms ! Amon-Rê, Sekhmet et Khonsou avaient désormais remplacé Bélier, Lionne et Faucon dans l'esprit de tous les instigateurs du projet. Par ce « baptême », les dieux avaient définitivement pris possession des humanimaux. Merci Chimerics…

—Nous allons bientôt survoler l'Égypte, retentit la voix de l'hôtesse.

Gala, rêveuse, laissa planer son regard sur la Méditerranée. Morri (sans doute pour se racheter) avait finalement accepté qu'elle l'accompagne, mais l'adolescente avait fermement refusé de côtoyer l'équipe de Chimerics et avait exigé de voyager à part, uniquement accompagnée de Libélul, ce qui arrangeait Morri, stressée par le transfert des chimères.

Il était une heure de l'après-midi, heure locale, et la Méditerranée scintillait sous le soleil. Gala n'avait encore jamais eu l'occasion d'assister à un tel spectacle. Éblouie, elle dirigea son regard vers l'horizon et aperçut les tours de la gigantesque cité d'Alexandrie. L'avion dépassa la mégalopole et survola une terre jaune et aride. Les rouleaux bleus de la Méditerranée n'étaient plus qu'un souvenir.

—D'après le plan de vol, déclara Libélul, nous devrions voir, à l'ouest, le Nouveau Nil [2].

Gala se pencha sur le hublot-zoom et découvrit, dans le lointain, un cours d'eau majestueux sur lequel glissaient de nombreuses felouques aux voiles blanches.

—C'est un fleuve artificiel, commenta le robot. Il a été inauguré en 2025. Les Égyptiens ont creusé son lit sur des centaines de kilomètres. Ses eaux proviennent du grand lac retenu par le barrage d'Assouan et, bien sûr, il se jette dans la Méditerranée.

2. Voir la carte de l'Égypte en 2085, page 84

—J’imagine le chantier que ça a dû être ! murmura Gala, impressionnée.

—Et maintenant, demande gentiment pardon aux passagers et va voir le Nil historique, par le hublot de gauche. Je te conseille de zoomer au maximum !

Gala se leva et découvrit côté est, avec difficulté malgré le grossissement, un mince filet d’eau marron. Le fleuve qui avait fait les beaux jours de l’Égypte n’était plus qu’un ridicule cours d’eau paresseux s’écoulant dans un lit beaucoup trop large pour lui. La plus grande partie de son débit était détournée, au niveau du lac d’Assouan, au profit du Nouveau Nil.

—Voilà ce qui se passe quand on cherche à contrôler la nature ! déclara doctement Libélul une fois que Gala eut rejoint sa place.

Le robot faisait allusion aux décisions dramatiques prises par les gouvernements égyptiens au cours des cent dernières années.

—En 1970 a été inauguré le titanesque barrage d’Assouan qui devait améliorer l’économie de l’Égypte, poursuivit Libélul. Les Égyptiens ont vite déchanté ! Avant l’intervention des hommes, les crues annuelles du Nil fertilisaient les rives grâce au limon que les eaux déposaient dans les champs. En bloquant des milliards de mètres cubes d’eau à Assouan, les ingénieurs ont empêché le limon de s’écouler. Pour le remplacer, des tonnes d’engrais chimiques ont été déversées sur les cultures de la vallée. Aussitôt, des micro-organismes ont proliféré et étouffé les rives.

Des maladies bactériennes sont apparues. Des pollutions en tout genre se sont multipliées. Ce fut la spirale infernale…

—Je ne comprends pas, l'interrompit Gala. Ils auraient pu modifier le barrage…

—Ils auraient pu, répondit Libélul, mais quand ils ont réagi, il était trop tard. La pollution avait gagné trop de terrain. La situation était tellement critique que des experts ont proposé le percement d'un nouveau Nil dans le désert occidental. Les premiers travaux ont commencé en 2018, et le Nouveau Nil a dévalé les pentes de son lit pour la première fois en 2025. Des cultures de plantes génétiquement modifiées, résistantes à presque toutes les maladies, ont été mises en place sur les rives du fleuve tout neuf.

Gala laissa planer son regard sur ce qui restait du Nil antique : un pitoyable cours d'eau, rachitique, asphyxié par la pollution, abandonné par les hommes après qu'il les eut tant servis. Les chimères n'allaient pas être contentes…

Après quelques minutes, Le Caire fut en vue. Gala se pencha et découvrit trois sommets pointant au-dessus de la capitale égyptienne.

—Les pyramides ! s'exclama-t-elle.

—Elles portent le nom des pharaons qui les ont fait construire, précisa aussitôt Libélul. Kheops, Mykerinus et Khephren.

Khephren... songea l'adolescente. *J'ai hâte de te revoir, Kheph.*

La navette atterrit sur l'aéroport international de Thèbes-City. En sortant de l'appareil, Gala manqua de suffoquer tant la chaleur était accablante.

—Taxi, mademoiselle ? héla un chauffeur.

—Avec plaisir. Si votre engin est climatisé…

—Pas de soucis !

L'homme toisa Libélul et demanda :

—C'est un porteur ?

—Je suis le protecteur et le serviteur de mademoiselle, ronchonna le robot, vexé. Je lui sers d'interprète, de garde du corps, de cuisinier. Je peux même faire office de guide culturel si elle le désire. D'autre part, je…

—Calme-toi, Libélul ! intervint Gala. Excusez-le, il est susceptible.

—Je vois, répondit l'homme en adressant au robot un regard méfiant. Je vous conduis à quel hôtel ?

—L'hôtel Ramsès.

Le taxi-navette survola les frondaisons de palmiers et de sycomores bordant les axes de l'aéroport. Puis une multitude de quartiers pauvres écrasés par le soleil firent leur apparition. Des enfants presque nus, assis sur les toits, les saluaient joyeusement. Gala écarquilla les yeux. Elle avait passé son enfance dans un château luxueux, mais triste à en mourir. Et voilà qu'elle découvrait une foule d'enfants, visiblement dépourvus de tout et pourtant débordants de gaieté. Un néo-rap égyptien assourdissant retentit soudain dans la carlingue.

—J'adore ces vieux morceaux ! lança Libélul en

agitant ses ailes métalliques. Ça change de la musique qu'écoute Morri !

Le chauffeur baissa le volume et débita :

— Thèbes, « la Ville aux cent portes ». Elle fut baptisée ainsi par Homère, l'auteur de *L'Iliade* et de *L'Odyssée*. Sachez que l'ancienne Thèbes a été, pendant des siècles, la capitale de l'Égypte, et que ses pharaons ont dominé le monde. Je vous conseille de visiter les temples de Louxor et de Karnak où était vénéré Amon-Rê…

En entendant ce dernier nom, Gala frémit. Elle se redressa et aperçut au loin le lit boueux du Nil.

— Ça ne vous fait pas mal au cœur de voir le Nil dans cet état ? cria-t-elle dans la carlingue.

L'homme haussa les épaules.

— Vous me rappelez mon grand-père, marmonna-t-il. Il me disait qu'autrefois les crues du Nil étaient considérées comme un don des dieux. Moi, j'ai toujours connu la vallée comme ça… Vous savez, l'Égypte a dû faire des sacrifices pour devenir un pays moderne. Heureusement, les temples sont toujours là, et les touristes affluent du monde entier pour les voir.

12
Hôtel Ramsès

L'hôtel Ramsès, situé sur une petite colline à l'extérieur de la ville, fut atteint en un quart d'heure. Gala régla le taxi et, sitôt sortie de la navette, fut accostée par une flopée d'enfants vêtus de guenilles.

—Des mendiants, avertit le robot. Ils te réclament de l'argent.

Les cris se mêlaient aux sourires. Gala, pas du tout préparée à ce genre de rencontre, eut un réflexe de protection.

—Tu ne crains rien, la rassura Libélul.

L'adolescente sortit ses billets, et aussitôt des dizaines de mains se tendirent.

—Gardes-en un peu pour toi… conseilla le robot.

Les enfants arrachèrent les eulars [3] et disparurent aussi vite qu'ils avaient jailli. Gala essaya de souffler un instant dans la moiteur ambiante; elle voulait s'imprégner de l'atmosphère qui régnait dans l'ave-

---

3. Eular : contraction d'euro-dollar.

nue. Rien de comparable à Paris ! Des vendeurs ambulants vêtus de djellabas poussaient des carrioles remplies de fruits, de légumes et de souvenirs. Sur le trottoir d'en face, les casiers d'une boutique regorgeaient d'épices aux couleurs vives et variées. Une femme voilée dialoguait avec un commerçant. Musique orientale s'échappant d'une fenêtre, klaxons, crissements de roues sur la chaussée, harangues aux intonations arabes, tout se mêlait et tourbillonnait dans sa tête.

— Gala, ta chambre nous attend.

L'adolescente sursauta.

— Oui… dit-elle, pas tout à fait sortie de sa rêverie.

Elle entra dans l'hôtel et se sentit, de nouveau, régénérée par l'air climatisé. Le contraste avec la rue était violent : tout était riche, silencieux et froidement décoré. Des sphinx de marbre, inquiétants gardiens aux regards insondables, trônaient dans le hall. Elle passa en revue les personnes assises dans les fauteuils devant l'accueil. Pas de Kheph…

— Je m'appelle Gala Starnberg, annonça-t-elle au réceptionniste. Une chambre est réservée à mon nom.

— Chambre 201, mademoiselle. Deuxième étage à gauche. Votre mère est dans la chambre 202. Elle vous a laissé un message pour vous prévenir qu'elle resterait toute la journée au Sanctuaire des Dieux.

— Je n'ai pas d'autres messages ? s'inquiéta Gala.

L'homme vérifia.

— Non, mademoiselle.

L'adolescente fit la moue.

— Voici votre code d'entrée, continua le réceptionniste.

Gala prit ses bagages, gagna l'ascenseur et monta avec Libélul au deuxième étage.

Je pensais que Kheph serait là, se dit-elle, déçue. *Il m'avait pourtant dit qu'il me retrouverait à l'hôtel.*

Devant la chambre 201, l'adolescente composa le code et la serrure claqua. Un énorme bouquet de fleurs trônait sur une table basse. « Bienvenue dans notre hôtel, lut-elle sur un carton. En vous souhaitant un agréable séjour… »

La chambre était décorée de motifs inspirés de l'Égypte antique. Un trompe-l'œil représentant le temple de Karnak aux abords d'un Nil majestueux créait une atmosphère nostalgique. Tandis que Libélul visitait les lieux, Gala ouvrit ses valises et activa solennellement un holo d'Azane qu'elle installa sur la table de chevet.

— Je vais prendre une douche. Libélul ! Descends à la réception et rapporte une bouteille de jus d'ananas bien frais.

Si Kheph ne se manifeste pas avant ce soir, c'est qu'il lui est arrivé quelque chose, s'inquiéta-t-elle.

Elle se déshabilla et ouvrit en grand les robinets, fermant les yeux sous le jet. Quel bonheur de laisser couler l'eau sur son corps ! La lassitude du voyage s'estompa peu à peu. Elle se remémora les étonnantes rencontres depuis son arrivée : les regards à la fois espiègles et pénétrants des enfants, le chauffeur de taxi, les colporteurs, la femme voilée… *Que deviendront ces gens si les dieux se déchaînent sur l'Égypte ?*

Elle entendit soudain un bruit provenant du salon.

—Libélul ?

Aucune réponse. Elle coupa l'eau.

—Libélul ? Réponds-moi ! Ce n'est pas drôle.

Elle saisit une grande serviette et la noua autour de son corps. Prudemment, elle ouvrit la porte de la salle de bains, passa la tête et surprit une silhouette en djellaba vautrée dans un fauteuil.

—Kheph ! Tu m'as fait peur. Par où es-tu entré ?

L'Égyptien se retourna et découvrit Gala, enveloppée dans sa serviette. Gêné, il détourna les yeux.

—Par la porte, bien sûr !

L'adolescente resta un instant interdite. Kheph portait sur la tête un turban bleu qui accentuait la profondeur de ses yeux. Cette coiffe étonnante lui donnait un aspect exotique et mystérieux qui ne laissa pas Gala indifférente.

—Un robot étourdi fredonnait ton code en traversant le couloir, expliqua l'Égyptien.

—Libélul... soupira l'adolescente.

—Ton voyage s'est bien passé ? poursuivit Kheph.

—Oui... mais la chaleur, les gens... c'est si nouveau pour moi.

—Tu vas t'y faire.

—Attends deux secondes... Je reviens.

Gala retourna dans la salle de bains et finit de se sécher.

Je ne m'étais pas rendu compte qu'il était aussi

beau, se dit-elle en se rhabillant. *On dirait un prince du désert !*

Cinq minutes plus tard, elle revint, une serviette nouée autour de ses cheveux mouillés.

— Tu te déplaces toujours avec ce holo ? demanda Kheph en désignant la silhouette d'Azane.

— Azane était mon amie, répondit Gala en réprimant une houle d'émotion. On était… très liées. Elle a été tuée par Lionne, au château.

— Ah… fit le jeune homme, à la fois surpris et embarrassé.

Il observa Gala en train de ranger ses affaires et comprit que sa présence la rendait nerveuse. L'adolescente s'activait en cherchant constamment à éviter son regard.

— Je m'excuse de débarquer comme ça dans ta chambre, confia l'Égyptien.

Gala se concentra et visualisa le corps énergétique du jeune homme. Ses teintes étaient très claires, très pures.

— Comment va mon aura ? demanda Kheph en notant le regard « décrypteur » de l'adolescente.

Gala écarquilla les yeux. C'était la première fois qu'on lui posait une telle question. Elle se leva et changea de conversation.

— Carnegie a atteint son but, dit-elle. Les compagnies aériennes sont complètement dépassées. Soixante mille billets ont été vendus le lendemain du spectacle de Paris. Tout le monde veut voir les trois créatures au Sanctuaire des Dieux. Évidemment, personne n'a fait le lien entre Bélier et l'orage.

Elle dénoua sa serviette, secoua ses cheveux encore humides comme un jeune chien et ajouta :

— Morri a demandé à Carnegie de retarder l'ouverture du domaine. Elle estime que les chimères n'ont pas assez de temps pour s'adapter au climat de l'Égypte. Mais il a refusé. Financièrement, il joue très gros. Il a tout misé sur le Sanctuaire des Dieux, et si l'argent ne rentre pas assez vite… pffitt. Plus de Chimerics.

— Les petits soucis de Carnegie ne sont rien à côté de ce qui risque de se passer, répondit Kheph. Les dieux sont sûrement prêts à agir. Tu es toujours décidée à m'aider ?

— Qu'est-ce que tu crois ? Je suis venue pour ça.

— Bien… J'ai préparé un plan.

Kheph sortit une fiole de sa poche.

— On va les empoisonner.

Gala manqua de s'étrangler.

— Les empoisonner ?

— J'ai réussi à me procurer un poison efficace que je mettrai dans leurs aliments. Selon mon fournisseur, la mort sera sans souffrances, et tant mieux, mais elle ne sera pas immédiate. Je n'ai pas réussi à trouver mieux. Tu vas me conduire jusqu'au Sanctuaire des Dieux, et une fois là-bas…

La porte de la chambre s'ouvrit brutalement.

— Attention droit devant ! Pur jus d'ananas ! Coucou Gala ! J'ai trouvé ce que…

Libélul s'arrêta net.

— Libélul, je te présente… euh… Hassan.

Kheph se leva et serra une des pattes du robot.

—Enchanté, bredouilla Libélul. On s'est déjà rencontrés ?

—Il y a cinq minutes. Vous fredonniez le code de la chambre en sortant.

—Ah, oui… Je me souviens.

—Essaie d'être plus discret la prochaine fois, lança Gala. N'importe qui aurait pu entrer.

—Euh… oui, Gala. Pardonne-moi ! Mes mémoires étaient provisoirement saturées et…

—Hassan est un guide que l'hôtel met à notre disposition pour visiter Karnak, l'interrompit Gala. C'est sympa, non ?

Elle s'empara de son Trans, qui traînait sur la table, et ordonna à Libélul :

—Attends-nous ici ! On va retrouver Morri.

Ils sortirent sous le regard électroniquement stupéfait du robot.

—Et le jus d'ananas ? cria-t-il.

Mais les deux jeunes gens étaient déjà dans l'ascenseur.

13
Le Sanctuaire des Dieux

Gala traversa l'avenue où s'activaient les vendeurs ambulants et s'engouffra dans la navette de Kheph. L'engin décolla et se dirigea vers le Sanctuaire des Dieux, construit dans l'ancien lit du Nil, à cinq cents mètres des temples de Karnak.

—Je ne parlerai pas devant ta mère, précisa Kheph, assis aux commandes de son engin. Elle pourrait reconnaître ma voix. Il ne faut pas qu'elle sache que je suis celui qui s'est acharné sur son Trans pendant des mois.

L'adolescente observa un long moment son compagnon d'aventure. Il avait ôté son turban bleu en entrant dans l'appareil. Les traits de son visage étaient fins, gracieux, et l'éclat de ses yeux trahissait une volonté farouche. Elle se pencha vers le hublot et découvrit un massif aux flancs arides ayant presque la forme d'une pyramide.

—C'est dans cette montagne que se trouve la Vallée des Morts ? demanda-t-elle.

—Pas exactement.

— Comment ça ?

— C'est bien là qu'ont été creusées les tombes des rois, des reines et des nobles. Mais les Égyptiens de l'Antiquité n'ont jamais nommé ce lieu « Vallée des Morts ». Pour eux, cette vallée était une terre de vie.

— Une terre de vie ?

— Les pharaons enterrés ici gagnaient la vie éternelle en rejoignant le premier des leurs : Osiris, ressuscité parmi les morts.

Gala posa son regard sur cette bande de désert où tant d'hommes illustres avaient reposé. Elle aperçut enfin le mince filet d'eau du Nil s'étirant comme un ruban fragile à travers la mégalopole.

— Rien n'est construit dans l'ancien lit, remarqua-t-elle. Par mesure de sécurité ?

— C'est ce que disent les autorités, répondit Kheph. Seul Chimerics a obtenu ce droit, pour être au plus près des temples de Louxor et de Karnak. Ça te donne une idée des bonnes relations entre le gouvernement et la multinationale. Voici le Sanctuaire des Dieux...

— Wouahhhh ! s'exclama l'adolescente, subjuguée. C'est encore plus impressionnant que ce que j'imaginais.

— Les ruines de Karnak et de Louxor longent la rive, juste à côté. Tu les vois ?

— Ça devait être gigantesque !

— Tout était gigantesque ici, fit remarquer Kheph. Thèbes était le centre du monde !

La navette se posa sur le vaste parking destiné à

accueillir les véhicules des futurs touristes. L'entrée du Sanctuaire des Dieux consistait en un portique flanqué de deux obélisques dorés. Tout avait été conçu dans la plus pure tradition antique égyptienne. Les architectes avaient voulu restituer l'atmosphère des sanctuaires témoins de la grandeur de Thèbes. Évitant le mariage risqué entre modernisme et passé, ils avaient opté pour des matériaux rustiques, tels que la pierre et le bois, de manière à donner l'illusion d'un édifice miraculeusement surgi de l'ancien lit du fleuve et préservé des attaques du temps. Le résultat était plutôt réussi.

—Vous n'avez rien à faire ici ! cria un gardien en surgissant d'un véhicule de sécurité. Le Sanctuaire n'est pas encore ouvert au public.

—Nous ne sommes pas des touristes, rétorqua Gala. Je suis la fille de Morri Starnberg, et je viens la retrouver.

Elle tendit sa carte magnétique et attendit.

—Et lui ? demanda le gardien en désignant Kheph.

—C'est mon ami.

L'homme composa un numéro sur son Trans et dialogua avec ses supérieurs.

—Très bien, dit-il. Je vous emmène. On est obligés de quadriller tout le périmètre à cause des menaces du FRV. Sans oublier les journalistes qui veulent pénétrer dans le Sanctuaire pour obtenir un scoop. On en a déjà attrapé huit depuis ce matin.

Il fit monter les deux visiteurs dans son engin et les conduisit jusqu'au portique. Une fois le sas de contrôle franchi, le véhicule s'engagea dans un jardin agrémenté de plusieurs dizaines de palmiers. Une rampe permettait d'accéder à une large colonnade, semblable à celle du temple funéraire de la reine Hatshepsout situé à quelques kilomètres de là. Sidérée par le gigantisme du lieu, Gala ne pipait mot.

— On arrive, annonça le gardien en arrêtant son véhicule. Suivez-moi !

Gala et Kheph accompagnèrent l'homme sous les colonnes. Ils débouchèrent dans une vaste cour, puis pénétrèrent dans un corridor.

— Je vous dis qu'elles sont comme ça depuis une heure ! s'énervait quelqu'un dans une salle.

— C'est la voix de Dom, murmura Gala à l'oreille de Kheph. L'un des infirmiers-vétérinaires qui surveillent les chimères.

Ils parvinrent dans une pièce encombrée d'écrans où régnait une vive agitation.

— Vous auriez dû me prévenir plus tôt ! grondait Morri.

— Je ne pouvais pas savoir, se justifia Dom. Tout se déroulait normalement. Je pensais qu'elles s'étaient allongées sur leur litière pour se reposer. Si j'avais su qu'elles étaient prises de malaises…

— Morri ! lança Gala.

Surprise, la chercheuse fit volte-face.

— Gala ! Tu tombes vraiment mal… Attends-moi dehors !

L'adolescente tourna la tête et distingua, sur les

écrans, les profils des trois chimères endormies.

—Ce jeune homme derrière toi, d'où vient-il ? s'inquiéta soudain Morri.

—C'est Hassan, un ami égyptien qui fait les visites touristiques avec moi et…

—Gala ! Aucune personne étrangère au projet ne doit entrer ici avant l'ouverture du Sanctuaire.

—OK ! On sort, répondit l'adolescente, exaspérée.

Morri se trouva déroutée.

Gala vient juste d'arriver… et mes premières paroles sont des reproches, regretta-t-elle.

—Et si leur malaise venait de la chaleur ? intervint Dom, les yeux rivés sur l'image des chimères.

—La chaleur… soupira Morri en posant un regard d'impuissance sur sa fille, qui s'éloignait dans le couloir. Oui… la chaleur…

Gala et Kheph parvinrent rapidement dans la cour extérieure.

—Ils sont tous affairés dans la salle de contrôle, chuchota l'adolescente. C'est le moment d'agir. Il faut trouver l'endroit où ils stockent la nourriture.

Ils traversèrent la cour principale et s'engouffrèrent dans un bâtiment.

—Les cuisines devraient être indiquées, s'impatienta l'Égyptien.

Des voix retentirent soudain derrière une porte.

—Vous n'avez toujours pas apporté les abats de poulet ! s'énervait un homme. Posez ça là et suivez-moi ! Ils nous tueront si leurs chimères ne mangent pas correctement.

Trois silhouettes surgirent d'une pièce et disparurent dans le labyrinthe de couloirs.

—Vous êtes des incapables ! continuait la voix. C'est la dernière fois que je vous montre l'emplacement des aliments dans les chambres froides.

—La chance est avec nous, murmura Kheph en poussant prudemment la porte de la cuisine.

À l'intérieur de la pièce étaient entreposés fruits, légumes et viande fraîche. Trois grandes gamelles attendaient sur une table.

—Regarde… Quelque chose mijote dans une marmite.

—Le prochain repas des chimères…

Kheph sortit sa fiole et versa le produit dans le chaudron.

—Que ce poison envoie Lionne en enfer ! grinça Gala.

L'opération terminée, ils se précipitèrent hors de la pièce et se faufilèrent en silence jusqu'au jardin aux palmiers.

—Marchons normalement, conseilla Kheph. Nous venons de rendre visite à ta mère et nous ressortons… tranquillement.

Il marchait en tête, simulant une relative décontraction, lorsque Gala lui saisit le bras.

—Les dieux… souffla-t-elle.

—Où ?

—Dans la cour…

14
Poursuite dans Karnak

Les corps astraux d'Amon-Rê, de Sekhmet et de Khonsou flottaient dans les airs. De chacun d'eux s'échappait un cordon d'argent les reliant aux chimères endormies dans les cellules. Ils traversaient les murs du Sanctuaire.

— Viens ! réagit Gala en entraînant Kheph. On va les suivre !

Ils coururent vers la sortie… et freinèrent leur élan devant les gardiens. Ceux-ci les toisèrent longuement.

— Je suis la fille de Morri Starnberg, expliqua l'adolescente. Vous nous avez laissés entrer tout à l'heure.

— Allez-y ! répondit un garde en désignant la sortie d'un hochement de tête.

Les deux visiteurs ne se firent pas prier. Ils quittèrent le Sanctuaire et s'engagèrent, à pied, sur la voie tracée à travers le lit aride du Nil. Sur leur gauche s'étirait le vaste parking où stationnait la navette de Kheph. Au bout de la route se dressaient les ruines de Karnak.

—J'aperçois les dieux, déclara soudain Gala. Ils se sont tellement éloignés des corps des chimères que leurs cordons d'argent sont devenus presque invisibles.

—Je ne demande qu'à te croire, soupira l'Égyptien. Où sont-ils exactement ?

—Là-bas, répondit-elle en tendant le doigt. On dirait qu'ils…

—Qu'ils quoi ?

—Tu vois ce nuage de poussière qui s'élève ?

—Oui. Et alors ? C'est le vent…

—Non, ce sont eux. Je les vois… Ils fouillent le sol.

—Le Nil ! s'exclama Kheph. Ils cherchent les eaux du Nil.

—Ça y est… Ils repartent. Ils se dirigent vers Karnak… Allons-y !

Les deux amis coururent à toute allure jusqu'à l'entrée des temples. Il s'engagèrent dans une allée de sphinx à corps de lion et à tête de bélier (« des vestiges de la grandeur d'Amon », murmura Kheph), et durent attendre devant des guichets d'entrée.

—Plus vite… Plus vite ! trépignait Gala. Je n'ai jamais vu autant de monde !

—Karnak est le site le plus visité d'Égypte ! déclara Kheph. À l'époque des pharaons, les principaux dieux y avaient leur temple. Seuls les prêtres et les personnes au service des cultes pouvaient entrer. Amon-Rê, Sekhmet et Khonsou doivent se demander d'où vient cette foule…

L'Égyptien régla les billets et entraîna Gala devant le premier pylône [4].

—Tu les vois ? s'inquiéta-t-il.

Gala faisait mille efforts, mais la horde de visiteurs l'empêchait de se concentrer.

—C'est difficile. Il y a trop de monde !

Ils traversèrent des cours imposantes hérissées de murs et de colonnades, bousculèrent au passage un groupe de touristes et atteignirent une petite cour.

—On est au cœur des temples, expliqua Kheph. C'est l'endroit le plus sacré de Karnak.

—Là… murmura tout à coup Gala. Je vois l'esprit d'Amon-Rê. Il rayonne comme une étoile !

L'adolescente désignait le socle d'albâtre sur lequel siégeait autrefois la statue du dieu à tête de bélier. En ce lieu, jadis sombre et silencieux, un prêtre présentait chaque matin des offrandes et récitait des prières mystérieuses. Amon-Rê était assis, les yeux fermés, dans une position hiératique… Gala seule pouvait le voir.

—Il reste immobile, chuchota-t-elle. On dirait qu'il médite.

L'étrangeté de cette situation la troubla. L'esprit du dieu trônait au milieu de la foule, indifférent au brouhaha des touristes. Une femme posa sa main sur le socle, par curiosité, sans savoir qu'elle traversait le corps astral d'Amon. Un homme sortit son appareil holo et prit un cliché pour ramener, dans son pays, un

4. Un pylône est un portail monumental placé à l'entrée des temples égyptiens, encadré de deux massifs de maçonnerie en forme de pyramide tronquée dont les faces étaient couvertes de peintures et d'inscriptions (Petit Robert).

souvenir du trône d'albâtre. Au même moment, un terrible hurlement surgit de l'au-delà, transperçant toutes les dimensions. Le cri était si puissant que Kheph et les groupes de visiteurs purent l'entendre.

— Que se passe-t-il ? s'inquiéta le jeune homme.

— Je ne sais pas, répondit Gala. Amon n'a pas bougé.

— Je ne suis pas folle ! protesta une touriste à l'attention d'un guide. Il s'agissait bien d'un hurlement !

L'homme ne sut quoi répondre :

— Désolé… C'est la première fois que j'entends un cri pareil. Il semblait venir de très loin.

— Ça ressemblait à un rugissement, dit Gala en se tournant vers Kheph.

— Sekhmet ! Ça ne peut être qu'elle. Viens ! Je crois savoir où elle se trouve.

Ils se glissèrent entre les groupes de visiteurs et s'engagèrent dans une nouvelle allée.

— Pardon… Excusez-nous… Pardon… ne cessaient-ils de répéter en se frayant un chemin.

Ils franchirent un dernier pylône et atteignirent un temple en ruine, bordé de roseaux.

— L'esprit de Sekhmet devrait être là, dit Kheph, essoufflé.

— Pourquoi ici ?

— Viens, tu vas comprendre…

Gala avança, son « sixième sens » en alerte. Derrière un mur apparurent des statues de Sekhmet, toutes alignées. Le temps et les hommes les avaient fortement abîmées. Quelques touristes flânaient parmi les hautes herbes. D'autres s'étaient amassés devant les colosses du temple de Ramsès III construit non loin, derrière un petit lac en forme de croissant. Gala sentit soudain un courant froid parcourir son dos. Elle se retourna.

—Là ! dit-elle en tirant le bras de Kheph.

La silhouette de Sekhmet rôdait autour des statues mutilées.

—Tu avais raison, ajouta Gala. C'est sûrement elle qui a rugi tout à l'heure. Elle enrage.

—Elle s'attendait à ce que ses statues soient toujours vénérées.

La déesse fit soudain volte-face. Gala eut juste le temps de tirer la main de Kheph pour l'obliger à se baisser, avec elle, dans les roseaux. Elle posa un doigt devant sa bouche, lui signifiant qu'il devait se taire. Elle ignorait si l'esprit de Sekhmet pouvait s'en prendre à eux, mais il valait mieux ne pas s'exposer. Ils restèrent ainsi de longues secondes, se gardant bien d'émettre la moindre parole.

—Vous avez un problème ? gronda soudain un gardien, juste derrière eux.

—Euh… Non merci, ça va… répondit Kheph.

Un coup d'œil en direction des statues rassura Gala. Sekhmet était partie.

—Allez-vous-en ! ordonna l'homme.

Les deux amis se levèrent et s'éloignèrent sans protester.

—Tu la vois ? demanda Kheph.

—Non, répondit Gala. Elle est…

L'adolescente s'interrompit brusquement : la terre

venait de trembler. Des cris d'affolement s'élevèrent dans l'enceinte des temples. Une multitude de visiteurs surgirent d'une allée.

— Que se passe-t-il ? demanda Kheph en arrêtant un fuyard.

— C'est la panique, haleta le gros homme bardé d'appareils holo. Le temple de Khonsou a tremblé. Il s'y passe… des phénomènes étranges.

— Quels phénomènes ?

L'homme n'eut pas le temps de répondre. Il disparut, entraîné par une horde de touristes paniqués.

— Ce sont les dieux ! affirma Kheph en fixant Gala. Suis-moi !

Soudés l'un à l'autre, ils luttèrent pour remonter le courant de la foule, manquant plusieurs fois de se faire renverser. Ils parvinrent finalement aux abords du temple de Khonsou. Les derniers touristes étaient en train de déserter. Exténués, Gala et Kheph s'arrêtèrent, écoutant les pierres qui vibraient.

— Tu entends ? dit le jeune homme. Il faut que j'aille voir.

Il s'engagea à l'intérieur du monument.

— Tu es complètement fou, soupira Gala.

Ce qui ne l'empêcha pas d'imiter son compagnon…

— N'y allez pas ! hurla un gardien qui se protégeait derrière une colonne.

L'adolescente rejoignit péniblement Kheph derrière un muret. De puissants courants d'air les plaquaient à terre. Elle réussit quand même à lever la tête : l'esprit de Khonsou était là, dans le cœur du temple. Sa tête de faucon irradiait une énergie aveuglante. Il tournoyait dans les airs, le bec acéré tendu vers le ciel. Ses cris étaient si stridents que l'adolescente crut que ses oreilles allaient éclater. Elle plaqua ses mains contre ses tympans. Au même moment, Khonsou disparut dans un tourbillon de poussière. Les murs se fissurèrent et des blocs de pierre tombèrent dans un énorme fracas. L'un d'eux, petit heureusement, rebondit sur Kheph, qui hurla. Puis tout se calma. Gala remua ses bras, ses jambes… et constata qu'elle avait échappé par miracle aux éboulements.

— Kheph ! Tu n'as rien ?

— J'ai le dos en compote, gémit l'Égyptien, recroquevillé sur lui-même.

Gala attendit que le nuage de poussière s'atténue. Elle se reconcentra et constata que le dieu avait bel et bien quitté le temple. À cet instant, son Trans retentit. Elle le sortit, tant bien que mal, et l'activa.

— Allô ?

— *C'est moi, Morri.*

Les secousses avaient été ressenties jusqu'au Sanctuaire des Dieux. La chercheuse voulait savoir si Gala n'avait rien.

— Ça va, rétorqua l'adolescente d'un ton sec.

— *J'ai eu peur pour toi. Excuse-moi pour mon accueil, tout à l'heure, mais tu es arrivée à un très mauvais moment et…*

— Comment vont les chimères ? l'interrompit Gala.

— *Ça va mieux. Elles viennent juste de se réveiller…*

15
Libélul intervient

De retour à l'hôtel, Gala examina la blessure de Kheph.

— Tu t'en tires avec un gros hématome, lui dit-elle.

— On a eu de la chance. Le plus gros des blocs est tombé juste à côté de nous.

— Pour le patrimoine égyptien, c'est une catastrophe, annonça Libélul. On ne parle que de ça sur les réseaux. Au point que ça éclipse presque les humanimaux de Chimerics. Il faut dire que le temple de Khonsou était le mieux conservé de tous les temples de Karnak. J'ai vérifié dans les statistiques de l'Institut de sismologie égyptien. Eh bien, le dernier incident de ce genre s'est produit il y a…

— Il est toujours aussi saoulant ? soupira Kheph.

— C'est vrai, Libélul, reconnut Gala, tu n'arrêtes pas de parler et de gesticuler depuis qu'on est arrivés.

— Excusez-moi, rétorqua le robot. Mais figurez-vous que je me suis inquiété après ce tremblement de terre et que…

— Pitié ! soupira Kheph. Fais-le taire, Gala !

— Si tu crois que c'est facile !

— Alors, désactive-le pour la soirée !

Libélul tourna la tête vers sa maîtresse et prit un air contrit.

— Gala… Tu ne vas pas faire ça.

L'adolescente le rassura.

— Je ne t'ai jamais désactivé et ce n'est pas aujourd'hui que je commencerai. Je vais même faire le contraire.

— Le contraire ? s'inquiéta Kheph.

— Je vais tout lui expliquer. Il a le droit de savoir ce qui se passe, après tout.

— Tu plaisantes, j'espère ?

— Pas du tout. Je sens qu'il pourra nous être utile.

L'Égyptien faillit s'étrangler.

— Utile ? Lui !

— Parfaitement ! se défendit Libélul. Hormis le fait que je cuisine parfaitement les œufs d'autruche, les pâtes au basilic et la purée aux algues, je vous signale que je possède un savoir encyclopédique équivalent à une bibliothèque nationale. Et, *via* le réseau satellite, je peux me connecter à n'importe quelle base de données de par le monde !

Il s'approcha de Kheph et ajouta :

— Je vais aussi vous annoncer une nouvelle qui va vous épater, cher monsieur Hassan. J'ai comparé votre voix à celle d'un certain Khephren Narmer que j'avais enregistrée à partir du Trans de Morri. Oh… l'enregistrement était de mauvaise qualité et crypté, mais j'ai tout de même pu l'utiliser. Et devinez quoi : j'ai découvert qu'elles avaient beaucoup de similitudes, comme si vous et ce Khephren Narmer ne faisiez qu'un ! Surprenant, non ?

Kheph et Gala croisèrent leurs regards, sidérés. Un ange passa.

—Bravo ! Tu as de vraies qualités de détective, réagit l'adolescente. Il est temps que je t'explique ce que nous sommes venus faire à Thèbes-City. Mais il faut d'abord que tu me promettes que tu ne parleras à personne de Kheph. Surtout pas à Morri !

—Parole de robot ! Que je finisse pendu dans le placard aux aspirateurs si je ne tiens pas ma promesse !

—Très bien… répondit Gala.

Agacé, Kheph s'assit à l'écart.

—Il y a quelques années, commença l'adolescente, le père de Kheph a découvert quelque chose d'impensable… si impensable que pratiquement personne n'a voulu le croire.

—J'écoute, jubila le robot en virevoltant devant sa maîtresse. Tu sais, mes circuits en ont vu d'autres.

—Voilà : les créatures de Chimerics, Bélier, Lionne et Faucon, sont possédées par des esprits.

Le robot cessa de voler et se fracassa la tête sur le carrelage.

—Je m'en doutais, ironisa Kheph. Personne n'est prêt à accepter cette vérité. Même pas un robot !

Libélul ouvrit une paupière d'acier et lança :

—Attendez ! Ce n'est pas parce que mes fusibles ont momentanément sauté que je ne peux pas intégrer cette donnée. « Possédées par des esprits » signifie-t-il que les corps des humanimaux servent de réceptacle à des forces invisibles ?

—Exactement, répondit Gala. Et ces « forces » dont tu parles sont des esprits divins… ou des dieux égyptiens, si tu préfères. Ils sont descendus dans notre dimension pour renouer avec leurs cultes.

—Ils ne vont pas être déçus ! s'exclama le robot. Quand on voit l'état des temples aujourd'hui ! Mais dis-moi, Gala… qu'est-ce qui vous permet d'être si sûrs de vous ?

—Le père de Kheph a découvert un fragment de stèle dans le temple de Karnak. Ce fragment est venu en compléter un autre, découvert sur le même site des dizaines d'années plus tôt. Tu devrais pouvoir retrouver ce texte dans tes logiciels. Les égyptologues l'ont baptisé : l'« Oracle d'Égypte ».

—Je ne vais pas me gêner, répondit Libélul en explorant ses milliers de données.

—Il est très fort ! précisa Gala à l'attention de Kheph.

L'Égyptien soupira.

—Ça y est ! J'ai trouvé ! annonça le robot. Vous avez vu comme je suis rapide ? Écoutez bien : « Tremblez, humains ! Quand les dieux seront de retour, leur colère sera grande car les temples seront détruits. En ces temps futurs, les sangs de l'homme et de l'animal seront mêlés. Les dieux de chair s'envoleront d'Occident. Alors l'Égypte sombrera dans le chaos. Tremblez, humains, car l'heure élue dans la chambre cachée se retournera contre vous. »

— Répète la fin ! demanda Gala.

Libélul s'exécuta :

— « Tremblez, humains, car l'heure élue dans la chambre cachée se retournera contre vous. »

— Tu ne m'as jamais parlé de cette dernière phrase, s'étonna l'adolescente en se tournant vers Kheph.

— C'est vrai… mais le début de l'Oracle était déjà assez compliqué comme ça.

— Que veut dire « l'heure élue dans la chambre cachée » ?

— Le *Livre de la chambre cachée* est le nom du plus ancien Livre des Morts. Il était utilisé par les pharaons pour connaître la voie qui devait les mener à Osiris. On en trouve des fragments peints dans les tombeaux de la Vallée des Rois. Ce Livre comporte douze étapes, ou heures, que devaient franchir les pharaons avant de renaître dans l'au-delà. Ce sont des épreuves, et l'une d'elles, d'après l'Oracle, est celle que les dieux retourneront contre l'humanité. Personne, jusqu'ici, n'a pu identifier quelle…

Il ne put achever sa phrase : trois coups retentirent.

— Gala ? Tu es là ?

— Morri ! sursauta l'adolescente. Vite, Kheph… Cache-toi !

L'Égyptien se plia en deux et s'enfonça dans le placard du salon.

— Tu es là ? répéta Morri, impatiente.

Gala ouvrit enfin la porte.

— Tu en as mis du temps !

L'adolescente ne répondit pas.

— Je rentre du Sanctuaire, commença Morri, éreintée. Alors... Où étais-tu pendant le tremblement de terre ?

Elle découvrit le holo d'Azane sur la table de chevet. Aussitôt sa voix baissa d'un ton.

— Le temple de Khonsou s'est presque totalement effondré, ajouta-t-elle. C'est incroyable...

Gala s'assit, gardant volontairement le silence.

— Dis-moi, risqua Morri. Qui était ce garçon qui est venu avec toi au Sanctuaire ?

— Je te l'ai déjà dit, rétorqua sèchement l'adolescente. Je l'ai rencontré dans l'avion. Il s'appelle Hassan. Je peux me faire des amis, non ? On visite Thèbes-City ensemble. J'avais envie de lui montrer le Sanctuaire avant l'ouverture.

— Je ne pouvais pas le laisser entrer, ma chérie. Les gardiens sont sur les dents avec les commandos du FRV et les journalistes.

De nouveaux coups retentirent.

— Morri ? C'est Carl !

— Carl ? s'étonna la chercheuse en se dirigeant vers la porte.

Le P-DG, très remonté, apparut dans l'encadrement.

— Qu'est-ce qu'il te prend ? lui demanda Morri.

L'homme lança un regard noir en direction de Gala.

— Demande à ta fille ce qu'elle faisait dans les couloirs du Sanctuaire, cet après-midi.

— Elle est venue me voir. Pourquoi ?

— Des gardiens l'ont vue déambuler avec un inconnu, précisa le P-DG.

— C'est un ami de Gala, Carl. Tu ne vas tout de

même pas soupçonner ma fille de…

—Nous nous sommes égarés dans les couloirs, l'interrompit l'adolescente.

Carl la fixa d'un œil inquisiteur.

—Qui était ce type ? insista-t-il.

—Je te répète que c'est un ami de Gala, s'irrita Morri. Je t'interdis de traiter ma fille comme tu le fais !

La chercheuse avait haussé le ton. Surpris, Carl se tut… et tourna les talons. Après son départ, Morri voulut l'excuser.

—Nous sommes tous sur les nerfs, Gala. Les chimères ne sont pas en forme. Elles nous ont fait peur après s'être réveillées.

—Peur ?

—Elles se sont éraflé les mains jusqu'au sang contre les parois de leurs cellules. J'avais prévenu Carl qu'elles ne supporteraient pas le rythme imposé…

Morri resta un instant pensive, puis déclara :

—Bon, je ne vais pas m'attarder. Tu manges avec moi, ce soir ?

—Non, répondit Gala. Hassan va m'emmener à un spectacle de son et lumière.

—On peut manger ensemble tout de même ! Et puis, est-il sérieux ce Hassan ? Tu n'as que quinze ans, je te rappelle.

Gala prit un air étonné. Sa mère qui s'inquiétait pour elle ? C'était nouveau !

—Demain si tu veux, mais pas ce soir.

—Très bien… répondit Morri, un peu désorientée.

Excuse-moi encore pour la manière dont je t'ai accueillie au Sanctuaire, mais tu es vraiment arrivée au pire moment. Tu as fait un bon voyage, au fait ?

Gala éluda la question.

— À part les éraflures aux mains, demanda l'adolescente, les chimères sont restées tranquilles ?

— Oui… mais ces taches de sang sur les murs m'intriguent quand même. On dirait des espèces de… dessins. Je les ai enregistrés sur mon Trans.

— Des dessins ?

— Je dis des bêtises, conclut la chercheuse en haussant les épaules. C'est la fatigue qui commence à me jouer des tours. Je suis épuisée ! Dire que je dois me lever à six heures demain matin pour rejoindre le Sanctuaire. On se retrouvera ici, à midi, pour déjeuner ?

Gala acquiesça de la tête, sans conviction. Morri déposa une bise sur la joue de sa fille. Gala ne réagit pas. La chercheuse sortit de la chambre et disparut dans le couloir.

Elle a pris ma défense devant Carl, réfléchit l'adolescente en refermant la porte. *Cela faisait bien longtemps qu'elle ne m'avait pas soutenue. Et elle s'est inquiétée pour moi…*

16
Les empreintes de sang

Je croyais que j'allais crever là-dedans, ronchonna Kheph en sortant du placard. Gala, je veux voir à quoi ressemblent ces taches de sang dont ta mère a parlé. Comment pourrait-on…

—Le Trans de Morri n'a pas de secret pour moi ! l'interrompit Libélul.

—Mais c'est que cette boîte de conserve volante va finalement nous être utile, lança Kheph en souriant.

Le robot émit un Rrrrr… d'exaspération.

—Que veux-tu faire de ces taches ? demanda Gala.

—Ta mère et les autres persistent à croire que les créatures ne sont que des animaux, expliqua l'Égyptien. Pour eux, ces traces n'ont pas de signification particulière. Moi, je suis persuadé qu'elles ont un sens.

—Ça y est ! annonça soudain Libélul. Piratage réussi ! J'envoie les images des taches sur l'écran mural. Je commence par celle de la cellule d'Amon-Rê.

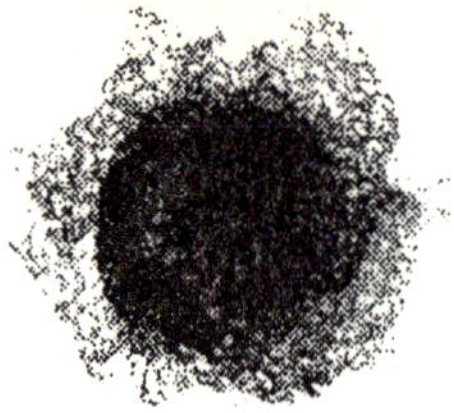

Kheph s'approcha et eut une moue sceptique.

—Une espèce de tache ronde…

—Je passe à la deuxième, continua Libélul. Celle de Khonsou.

—Ça ne ressemble à rien, dit Gala. Peut-être un fantôme qui lève les bras au ciel…

—Tu ne manques pas d'imagination, commenta Kheph.

—Voici la troisième et dernière tache, déclara le robot. Elle a été trouvée sur un mur de la cellule de Sekhmet.

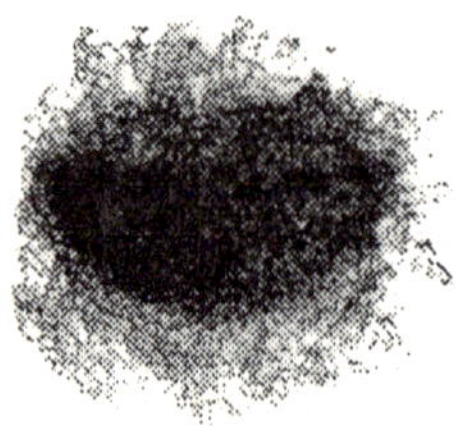

—On dirait un bol… proposa l'Égyptien. Vous êtes d'accord avec moi ?

— Peut-être… répondit Gala. Mais il faudrait être sûr.

Libélul clignota :

— Je peux chercher dans mon logiciel de décryptage si vous le voulez.

— Minute ! intervint Kheph. J'ai une idée. À votre avis, quels signes utiliseraient des dieux égyptiens pour communiquer dans le monde des humains ?

— Comment veux-tu qu'on le sache ? soupira Gala.

— Les hiéroglyphes… suggéra le jeune homme. L'écriture sacrée de l'Égypte antique.

L'adolescente resta pendant quelques secondes sans voix.

— Bien vu ! reconnut-elle. Tu sais les déchiffrer ?

— Mon père a essayé de m'apprendre, mais j'ai vite abandonné. Il faut au moins dix années d'études pour arriver à les lire sans se tromper ! Les hiéroglyphes très connus, en revanche, je peux les repérer. La tache ronde, par exemple, pourrait être un disque et représenter Rê, le dieu soleil. Ce n'est pas idiot puisque c'est Amon-Rê lui-même qui l'a tracé. Qu'en penses-tu ?

— Ça tient debout, réfléchit Gala.

— Si on continue sur cette piste, insista Kheph, il reste deux hiéroglyphes à trouver. Libélul, pourrais-tu te connecter à la banque de données de l'Institut d'égyptologie et comparer les deux derniers dessins à tous les hiéroglyphes existants ?

Les antennes du robot se déployèrent et clignotèrent intensément.

— Top ! J'ai une réponse ! annonça-t-il fièrement. Le « bol » qu'a identifié Kheph pourrait être une corbeille. Ce hiéroglyphe se prononce « neb », et il signifie « le maître » en égyptien.

—Génial ! s'exclama l'adolescente. Tu es épatant, Libélul.

Le robot, touché, battit des paupières.

—Parfait ! Supposons que nous ayons trouvé deux hiéroglyphes, récapitula Kheph, « le maître » et « le dieu soleil ». Il reste encore la tache bizarre laissée par Khonsou.

Il réfléchit et ajouta :

—Libélul ! Recherche tous les noms composés de trois hiéroglyphes dont un soleil et une corbeille. Vas-y !

Le robot s'activa et s'écria après quelques secondes :

—Yepeee ! J'en tiens un ! Le voici…

Gala et Kheph écarquillèrent les yeux.

— Un nom entouré d'un cartouche, lâcha l'Égyptien. C'est celui d'un pharaon.

— Parfaitement, répondit Libélul. Vous avez devant vous le nom de couronnement de Toutankhamon. Il se lit de bas en haut : « Nebkheperourê ». « Neb » pour la corbeille, « kheper » pour le scarabée et « rê » pour le disque. D'habitude, les hiéroglyphes se lisent de haut en bas quand ils sont en colonnes, mais, avec les cartouches des pharaons, les règles sont toujours un peu spéciales.

— Je suis sûr que c'est ça ! s'exclama Kheph. Si on regarde bien, la tache de Khonsou se rapproche beaucoup d'un scarabée… On distingue aussi les trois petits traits en dessous.

— La banque de données précise que le scarabée représente le soleil en devenir perpétuel, continua Libélul, et que les trois traits situés en dessous sont une marque de pluriel. Donc, si on récapitule, le nom de couronnement de Toutankhamon est : le maître des devenirs du dieu soleil. C'est plutôt joli, non ?

— Admettons qu'on ait trouvé, déclara Gala. Le plus dur reste à faire : comprendre pourquoi les dieux ont écrit ce nom.

— Peut-être parce que le tombeau de Toutankhamon est le lieu sacré égyptien qui est resté le plus longtemps inviolé ? réfléchit Kheph. Mais je devine une autre raison, beaucoup plus importante.

— Laquelle ? demanda Gala avec impatience.

— Toutankhamon était le successeur d'Akhenaton, le pharaon dont je t'ai déjà parlé, celui qui a essayé de casser le pouvoir des prêtres en supprimant le culte des dieux. On ignore si c'était son fils, son frère ou son gendre. On sait seulement qu'il est arrivé au pouvoir très jeune et qu'il n'a pas résisté longtemps à la caste des prêtres. Le culte des dieux de Thèbes a été restauré pendant son règne.

— Quel rapport avec les esprits ? demanda Gala.

— Réfléchis ! Toutankhamon est le symbole du retour des dieux parmi les hommes. Pour Amon-Rê, Sekhmet et Khonsou, évoquer son nom c'est évoquer un événement décisif qui a marqué la renaissance de leurs cultes.

— Je ne voudrais pas vous déranger dans vos réflexions, intervint Libélul, mais vous êtes-vous demandé si le tombeau de Toutankhamon n'avait pas un rapport, par hasard, avec le message de l'Oracle ?

Gala et Kheph se tournèrent en même temps vers le robot.

— Nom d'un chien ! déclara l'Égyptien. Pourquoi n'y ai-je pas pensé plus tôt !

Il activa son Trans et sélectionna la fin du texte : « Tremblez, humains, car l'heure élue dans la chambre cachée se retournera contre vous. »

— « La chambre cachée », répéta Kheph plusieurs fois. Et si cette expression évoquait autre chose que le Livre des Morts… Si elle désignait une véritable chambre funéraire !

— Celle de Toutankhamon ! déduisit Gala.

— Exactement. Dans ce cas, le texte deviendrait : « Tremblez, humains, car l'heure élue dans le tombeau de Toutankhamon se retournera contre vous. » Voilà pourquoi le nom de Toutankhamon a été écrit par les dieux sur les murs de leurs cellules !

— Pour eux, c'est peut-être une sorte de signal, songea Gala.

— Peut-être... répondit Kheph. En tout cas, si notre déduction est juste, l'épreuve que les dieux voudraient infliger aux humains doit être indiquée dans cette tombe.

Il cliqua sur l'encyclopédie égyptienne de son Trans, sélectionna le fichier concernant Toutankhamon et lut rapidement la traduction des hiéroglyphes inscrits dans le tombeau. Les heures de la chambre cachée étaient mentionnées, mais aucun indice ne mettait l'une d'elles en évidence. Il projeta les peintures qui symbolisaient les douze heures (douze babouins sacrés occupant toute la largeur d'un mur), mais ne découvrit aucun signe particulier.

— Rien... lâcha-t-il, déçu.

Tout d'un coup, ses pupilles étincelèrent.

— « L'heure élue » est peut-être indiquée par une marque à peine visible, détectable uniquement si on a le nez dessus ! Que diriez-vous d'aller jeter un coup d'œil dans le tombeau de Toutankhamon ?

— Kheph ! sursauta Gala. Tu plaisantes !

L'Égyptien vérifia l'horloge sur son Trans et déclara :

— Les chimères ont dû déjà engloutir leur repas

empoisonné. Elles ne vont pas tarder à mourir… Vous n'avez vraiment pas envie de savoir à quelle épreuve l'humanité a échappé ?

—Visiter… la tombe d'un… pharaon ? bredouilla l'adolescente. De nuit ?

—De toute façon, c'est impossible, intervint Libélul. J'ai lu dans un logiciel touristique que tous les tombeaux étaient verrouillés par des codes secrets et que…

—En tant qu'égyptologue, mon père possédait un passe qui donnait accès à tous ces codes, l'interrompit Kheph. L'Institut d'égyptologie a cru qu'il le portait sur lui pendant le crash de son appareil. Erreur… Je l'ai retrouvé et je l'ai soigneusement gardé. Cette nuit, il nous sera utile.

—La momie de Toutankhamon est toujours dans son tombeau ? demanda Gala.

—Oui ! répondit le jeune homme en réactivant son Trans. Elle était soigneusement placée à l'intérieur de plusieurs cercueils. Voici celui en or.

Il fit apparaître l'image sur l'écran mural.

—On dirait un corps de lumière, murmura Gala. Doré comme l'aura des dieux…

Kheph appuya sur une nouvelle touche et sélectionna des peintures appartenant à la chambre funéraire du pharaon.

—Regarde… Voici la scène où Toutankhamon se présente devant Osiris.

Gala remarqua une ligne brisée devant chacune des mains d'une déesse.

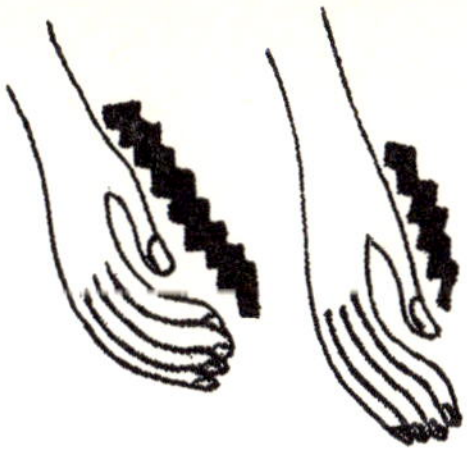

—Que symbolisent ces lignes ? demanda-t-elle.

—Le magnétisme divin, répondit Kheph. Pour les Égyptiens, tout est énergie.

Tout est énergie, se répéta Gala. *Les objets, les pierres, les plantes, les animaux, les hommes, les dieux... même les noms ! Tout ce qu'on voit et tout ce qu'on ne voit pas... les corps et les auras. Tout est énergie...*

17
Dans la chambre funéraire de Toutankhamon

Gala faisait grise mine. Assise à côté de Libélul, dans la navette de Kheph, elle ruminait ses angoisses.

—Je ne suis pas sûre que ce soit une très bonne idée, marmonna-t-elle.

—Moi non plus, gémit Libélul.

—Quelle bande de rabat-joie vous faites, leur répondit Kheph. Je vous assure qu'il n'y a aucun danger. Je connais les dispositifs de sécurité, et je vous répète que j'ai les codes d'accès aux tombeaux.

La nuit venait de tomber. L'Égyptien choisit d'éviter les radars en contournant la Vallée des Rois par le nord. La navette descendit le lit desséché du Nil et franchit ce dernier aux alentours de Dendérah. Éreintée par sa journée mouvementée, Gala s'endormit. Après un survol du désert en rase-mottes, l'engin atteignit les contreforts de la montagne thébaine.

—On est presque arrivés ! lança Kheph en réveillant son amie.

Gala s'étira et bâilla ostensiblement.

— Je vais poser l'appareil le plus près possible du sommet qui domine la Vallée des Rois, poursuivit l'Égyptien. Pas question de se poser devant les tombeaux, à cause des gardiens.

La navette contourna un massif et atterrit sur un plateau rocheux.

— Voilà ! La Vallée des Rois se trouve au pied de ces parois, annonça le jeune homme en commentant la carte apparue sur le tableau de bord.

— C'est sacrément abrupt ! s'inquiéta Gala.

— Libélul devrait pouvoir nous transporter jusqu'en bas, suggéra Kheph.

— Moi ? s'étrangla le robot.

— Pourquoi pas ? Après tout, tu es assez costaud.

— Je vérifie si la batterie de mon Trans est rechargée, lança Gala avant de sortir du cockpit.

Elle activa l'appareil en mode lumineux, mais un faible faisceau en jaillit.

— Zut ! Comment vais-je m'éclairer ?

— J'ai des laserlights, intervint Kheph en sortant deux lampes de sous son siège.

Gala posa son Trans sur le tableau de bord et saisit une des torches.

— Alors ? Qui va nous servir de taxi ? ironisa-t-elle en se tournant vers Libélul.

— Je ne suis pas programmé pour ça, ronchonna le robot.

— Arrête de geindre ! fit l'adolescente en lui saisissant une patte. Tu es plus costaud que tu en as l'air.

Elle l'entraîna hors de la navette et le posa à terre.

— Décolle !

Libélul fit vrombir ses moteurs et s'éleva au-dessus du sol. Gala et Kheph s'emparèrent chacun d'une patte métallique et furent soulevés comme des plumes.

— Ça… marche ! Ça marche ! se réjouit le robot.

L'attelage fit un tour sur lui-même dans un bruit d'ailes froufroutant.

— C'est parti ! s'exclama Libélul, tout excité.

Il activa son radar infrarouge, emporta son chargement au bord du précipice et se mit à glisser avec prudence le long de l'à-pic.

— Vous tenez bon ? demanda-t-il.

— Je suis gelée ! dit Gala. Dépêche-toi !

— Dès que tu arrives en bas, haleta Kheph, tu files plein est…

— Ah, si mon concepteur me voyait ! s'extasiait Libélul.

Après une trentaine de secondes d'un vol étrange au clair de lune, Kheph lança au robot :

— Tu vois ces lumières ? Ce sont les accès aux tombes. Tu nous laisses là.

— OK, chef !

Il ralentit et prépara l'atterrissage.

— Le vol Libélul à destination de Môôôônsieur Toutankhamon va bientôt atterrir… Attention, s'il vous plaît, je…

Libélul n'eut pas le temps de finir sa phrase. Le pied gauche de Gala heurta un éperon rocheux, ce qui déséquilibra le robot et fit chavirer tout le monde dans les éboulis.

—Comment ça va ? couina Libélul.

—Tu as failli nous tuer ! grogna Kheph en activant sa laserlight. À part ça, ça va. Gala ? Où es-tu ?

—Ici. Je vais avoir un de ces bleus à la cuisse !

Elle se leva et éclaira la carcasse de Libélul.

—Mon pauvre ! soupira-t-elle. Tu es drôlement mal en point !

Le robot tenta d'agiter ses ailes… en vain.

—Bah, je vais me mettre en autoréparation et ça va s'arranger. Partez sans moi… et revenez me chercher tout à l'heure, après votre petite visite nocturne.

Kheph leva la tête et tenta de reconnaître les lieux.

—J'aperçois l'entrée d'une tombe sur la droite. Je vais jeter un coup d'œil.

Il avança sans bruit et identifia l'accès.

—C'est bon ! dit-il en retrouvant ses compagnons. On a atterri juste à côté du tombeau de Seti II. Il y a soixante-deux tombes dans la Vallée des Rois. Je connais leurs emplacements par cœur. Je me suis souvent promené ici avec mon père. Le tombeau de Toutankhamon est au bout de cette allée. On ne devrait pas être inquiétés par les gardiens : ils sont postés à l'autre extrémité, du côté de l'accès principal.

—Attends-nous tranquillement ici, confia Gala à Libélul.

—Pas de problème. Soyez prudents…

Les deux amis avancèrent sous la lumière cendrée de la pleine lune, longeant plusieurs accès aux tombes.

—On approche, chuchota Kheph.

Cent mètres plus loin, ils touchaient enfin au but.

—Le tombeau de Toutankhamon !

Il braqua son passe sur une borne d'identification. Après quelques secondes, un voyant vert clignota. La porte s'ouvrit.

—Parfait, se réjouit-il. Ça marche !

Suivi de Gala, peu rassurée, Kheph s'engagea d'un pas ferme dans le passage sombre. Les faisceaux de leurs laserlights dirigés droits devant eux, ils descendirent seize marches avant d'atteindre un corridor pentu.

—Un jour, s'inquiéta Gala, j'ai regardé un reportage sur la malédiction de Toutankhamon. Il paraît que ceux qui ont découvert sa tombe sont morts mystérieusement.

Kheph haussa les épaules.

—Il n'y a rien à craindre, la rassura-t-il. Accroche-toi à mon bras et tout se passera bien.

—Tu es sûr que sa momie est encore là ? insista l'adolescente.

—Oui. Dans le sarcophage.

Gala blêmit.

—J'aurais préféré… t'attendre dehors, bredouilla-t-elle.

Kheph fit semblant de ne pas entendre, et activa avec son passe l'ouverture d'une nouvelle porte. Il poussa les battants et pénétra dans une chambre fraîche. Gala s'agrippait désespérément à lui. L'Égyptien élargit lentement le faisceau de sa lampe et déclama :

—Voici ce qu'a découvert l'archéologue Howard

Carter lorsqu'il a éclairé pour la première fois cette pièce. C'était le 26 novembre 1922.

De nombreux objets étincelaient. Tout paraissait calme, comme suspendu dans le temps. L'adolescente retint son souffle. Le long du mur, devant elle, reposaient des coffres et du mobilier, dont trois lits de résurrection en forme d'animaux sacrés. Celui du milieu représentait des vaches dorées au corps tacheté et dont les cornes enserraient un disque solaire. Elle remarqua un empilement de boîtes en forme d'œuf et, un peu plus loin, des arcs posés sur l'un des lits. À sa droite, coincée dans un angle, se dressait une statue noire de près de deux mètres de haut. Ses vêtements et ses attributs étaient dorés. Elle faisait face à une autre statue, semblable. Entre les deux s'ouvrait un passage sombre.

—Nous sommes dans l'antichambre du tombeau, expliqua Kheph. Ces deux statues sont les gardiens de la chambre funéraire, celle qui contient le sarcophage. Pour y accéder, nous devons passer entre elles.

Gala concentra le faisceau de sa lampe sur le regard des deux silhouettes, et déglutit.

—Elles ont l'air vivantes…

—Jusqu'à présent, elles n'ont jamais fait de mal à personne, sourit Kheph.

Gala s'étonna du nombre d'objets funéraires.

—Ce sont des vrais ?

—Non, des copies. Les originaux sont exposés au musée du Caire. Ce que tu vois dans cette antichambre est une sorte de reconstitution destinée aux archéologues. Tous ces objets ont été disposés à l'emplacement exact où leurs originaux ont été découverts.

—Les touristes ne viennent jamais ici ?

—C'est interdit ! Toutes les tombes ont été fermées à cause des dégradations provoquées par la respiration des visiteurs. Les peintures étaient menacées. Elles subissaient trop de ravages. Des copies des principaux tombeaux ont été aménagées pour les touristes dans une autre vallée, plus au sud.

Gala leva la tête et constata que les murs étaient dépourvus de décor.

—Je croyais que les tombes des pharaons étaient recouvertes de peintures ?

—Toutankhamon est mort jeune, répondit Kheph. Il devait avoir à peu près dix-huit ans. Son décès a pris de court les prêtres, qui n'ont pas eu le temps d'achever sa tombe. Du coup, ils ont conçu ce tombeau sommaire, au plan un peu bizarre. Mais il y a des trésors de toute beauté ! Viens voir... Je vais te montrer quelque chose.

L'Égyptien se baissa sous un lit à tête d'hippopotame, déplaça délicatement un objet et éclaira un petit trône doré.

—Une pure merveille... murmura-t-il. Le meuble le plus beau de l'Égypte antique. C'est une bonne copie. L'original est en bois et recouvert de feuille d'or. Il est orné de pâtes de verre multicolores et de pierres semi-précieuses.

Gala se baissa à son tour et remarqua la représentation d'un pharaon sur le dossier.

—C'est Toutankhamon ? demanda-t-elle.

Kheph confirma en désignant le cartouche apposé derrière la coiffe du monarque.

— Nebkheperourê, murmura-t-il.

— Il a un visage gracieux. Et la femme qui lui enduit le corps d'onguent, c'est qui ?

— Son épouse. Elle s'appelait Ankhesenamon.

Gala se sentit touchée par cette scène dégageant une tendresse infinie. Les époux s'observaient droit dans les yeux, unis par une indicible certitude. Peut-être celle de s'aimer ? Les rubans de leur coiffe semblaient s'envoler dans leur dos. Le disque solaire les inondait de sa lumière. Ses rayons s'achevaient par des petites mains qui leur tendaient le hiéroglyphe ankh [5], signe de vie.

— Le Soleil, dieu suprême, communique directement avec les hommes, expliqua Kheph. Pas besoin d'intermédiaires, pas besoin de prêtres ! C'est une scène encore influencée par le règne d'Akhenaton, le pharaon qui a précédé Toutankhamon.

Gala éclaira le passage gardé par les deux statues.

— J'ai des frissons… avoua-t-elle. Quand je pense que la momie de Toutankhamon repose à quelques mètres d'ici !

— L'indice concernant l'épreuve de l'Oracle doit être là, lui-aussi, murmura Kheph. Allons-y !

L'Égyptien se redressa et marcha jusqu'au passage défendu par les gardiens immobiles. Gala le suivit sans traîner, en prenant soin d'éviter le regard des

5. 

statues.

— À partir de maintenant, nous entrons dans la chambre de résurrection.

Kheph braqua sa laserlight, faisant danser des ombres autour d'eux, et avança lentement. Ils descendirent un petit escalier en bois et atteignirent le sol de la chambre, situé à environ un mètre en contrebas. La pièce était moins grande, mais plus haute que l'antichambre. Les murs, eux, étaient couverts de peintures. Fascinée, Gala promena le faisceau de sa lampe sur les différentes figures. Elle reconnut Toutankhamon et sa grâce juvénile, et repéra encore son cartouche parmi des colonnes de hiéroglyphes. Au centre de la pièce trônait un coffre funéraire sans couvercle. Gala s'approcha et découvrit, à l'intérieur, un cercueil en bois doré. Sur son couvercle figurait le masque de Toutankhamon au regard fixe et envoûtant. Un bleu profond soulignait ses sourcils et le contour de ses yeux. Le pharaon tenait contre lui le fouet et le sceptre, symboles de l'autorité royale. Sur son front se dressaient les têtes des deux divinités protectrices : Nekhbet, le vautour, et Ouadjet, le cobra.

Sa momie est à l'intérieur, pensa Gala en frémissant. De son côté, Kheph inspectait un des murs, orné de douze singes.

— Je ne vois rien d'anormal, déclara-t-il.

Gala redressa la tête et reconnut les douze babouins sacrés que le jeune homme avait fait apparaître sur l'écran mural de la chambre d'hôtel.

— Les douze heures du *Livre de la chambre cachée,*

commenta Kheph. À chaque singe correspond une épreuve. La barque du Soleil doit toutes les surmonter pendant sa traversée des Ténèbres, entre son entrée en occident et sa sortie en orient.

Il se concentra et passa en revue les moindres détails des représentations.

—Je ne vois aucune marque suspecte qui puisse désigner l'une des épreuves, marmonna-t-il, déçu. On s'est peut-être trompés dans l'interprétation de l'Oracle. La « chambre cachée » ne désigne pas la tombe de Toutankhamon.

—Kheph... on vient, sursauta soudain Gala, terrorisée.

Le jeune homme fit volte-face et entendit des pas.

—Merde... les gardiens !

Il prit la main de Gala et l'entraîna dans la salle du Trésor, située juste à côté de la chambre funéraire.

18
La sentence divine

Plaqués contre le mur froid de la salle obscure, Gala et Kheph attendaient en silence. Si les gardiens décidaient d'entrer dans leur cache, les deux amis seraient pris comme des rats. L'adolescente tremblait de tout son corps. Kheph sentait son souffle chaud et rapide. Les bruits des pas s'amplifièrent, et une lueur éclaira soudain la chambre du sarcophage qu'ils venaient de quitter. Kheph arrêta de respirer. À ses côtés, Gala fixait les silhouettes du mobilier avec effarement. La statue d'un chacal, surtout, la terrifiait. Il s'agissait d'Anubis, le passeur de l'au-delà. Une voix ténébreuse retentit soudain :

—Nos temples ne sont plus que poussière. Ils ont tué le Fleuve, Source de Vie. Je demande leur destruction ! Que plus un homme, plus une femme ne foule le sol d'Égypte !

Un rugissement terrible fit trembler les parois de la tombe. Ce n'étaient pas les gardiens, mais les dieux de l'ancienne Égypte !

—Les tombeaux des pharaons ont été violés. Nos

statues ont été détruites et mutilées. Ces sacrilèges ne resteront pas impunis.

La tombe trembla à nouveau.

— Mon nom était jadis glorifié par les prêtres. Aujourd'hui, il est souillé dans la bouche d'étrangers. Tuons-les ! Exterminons-les !

Gala était paralysée par la peur. Kheph réalisa soudain qu'il entendait parfaitement les voix. Un courant froid lui traversa le dos. S'il pouvait les entendre, alors…

Les injonctions reprirent :

— Tuons les humains ! Massacrons-les !

Gala serrait convulsivement la main de Kheph. L'Égyptien se décala sur le côté et pencha légèrement la tête vers l'ouverture donnant sur la chambre funéraire. Il fallait qu'il en ait le cœur net. Il resta médusé, incapable de détacher son regard des trois silhouettes qui se dressaient autour du sarcophage. Elles étaient baignées dans une lueur or. De leurs bras levés jaillissaient des gerbes de lumière éclaboussant le plafond et les parois du tombeau. Amon-Rê, Sekhmet et Khonsou étaient là. Il les voyait ! Les dieux tournèrent soudain leur tête et le fixèrent. Les crocs de Sekhmet étincelaient, le bec de Khonsou rayonnait. Des deux pupilles d'Amon-Rê surgit un rayon pourpre qui lui transperça le cœur, puis le dieu-soleil parla :

— Ce qui existait a disparu. Ce qui existe disparaîtra. Seule la Lumière survit au chaos du Temps. De la source, toujours, elle jaillira…

Kheph sentit son sang bouillonner, son cœur s'emballer. Toutes les salles du tombeau furent à nouveau secouées par un tremblement. Un éclair blanc zébra la chambre funéraire… et ce fut l'obscurité. L'Égyptien ferma les paupières et chuta sur le sol. Le silence succéda au tonnerre, glacial, terrifiant. Gala ne bougeait pas. La peur la clouait là, dans cette tombe où les dieux s'étaient retrouvés. Elle les sentait, juste derrière le mur contre lequel elle s'arc-boutait. Ils avaient découvert Kheph. Peut-être l'avaient-ils tué ? Gala trembla de plus belle. Une lueur dorée s'avança soudain à l'entrée de la salle du Trésor. L'adolescente cessa de respirer. La main puissante d'un humanimal apparut. Puis le bras, le corps… la tête. Sekhmet ! Sekhmet approchait ! La déesse ouvrit sa mâchoire de lionne et rugit en avançant vers Gala, pétrifiée. L'adolescente revit les images d'Azane, déchiquetée. La terreur s'empara d'elle. Impossible de fuir… Sekhmet n'était plus qu'à un pas d'elle. La créature poussa un feulement si effrayant que Gala, terrorisée, dissimula sa tête entre ses mains et hurla. Quand elle dégagea à nouveau son visage, Amon se dressait devant elle. Sekhmet s'était écartée derrière lui, debout aux côtés de Khonsou. Le grand dieu la fixait dans les yeux. Ses deux cornes gigantesques jaillissaient de son crâne. Son regard était chargé d'étincelles flamboyantes. Il leva un bras et le tendit en direction de l'adolescente. Sa main était en sang, écorchée jusqu'à l'os. Gala sentit une onde de chaleur traverser son corps. Elle s'affaissa et perdit connaissance.

À son réveil, l'adolescente mit longtemps avant de se rappeler qu'elle était sous terre, dans le tombeau de Toutankhamon. Elle sentit le corps de Kheph et, instinctivement, se recroquevilla contre lui, toute tremblante. Puis elle tendit l'oreille. Rien… pas un bruit. Aucune vibration d'auras. Les dieux semblaient partis.

—Kheph… murmura-t-elle. Kheph…

Le corps du jeune homme était chaud, mais ne répondait pas aux légères pressions de l'adolescente. Gala chercha sa laserlight, à tâtons, la trouva près du mur et éclaira la salle du Trésor. La statue d'Anubis semblait l'observer. Elle secoua légèrement son ami…

—Kheph ! répéta-t-elle à voix basse. Réveille-toi !

Elle le secoua de plus en plus fort. Le corps du jeune homme s'agita enfin. Ses paupières frémirent et finirent par s'ouvrir. Il s'assit après de longs efforts, et protégea ses yeux du faisceau lumineux.

—Les dieux… Où sont les dieux ? gémit-il.

—Ils sont partis, le rassura Gala.

L'Égyptien jeta un regard ahuri autour de lui, puis se concentra sur sa montre.

—Neuf heures. Quand sommes-nous arrivés ici ?

L'adolescente essaya de rassembler ses idées.

—Hier soir, un peu avant minuit. Nous sommes restés endormis plusieurs heures.

—Tu te souviens de ce qui s'est passé ?

—J'ai seulement des flashes, répondit-elle. Des images me reviennent… mais c'est encore trop flou.

—Les voix des dieux me paralysaient, expliqua

Kheph. Ils prononçaient des mots inconnus et, pourtant, j'en comprenais le sens. Ça ressemblait à une langue ancienne. Peut-être celle que les prêtres égypticns utilisaicnt il y a dcs millicrs d'annécs. Sekhmet voulait détruire les hommes. Amon-Rê parlait de « ce qui existait et de ce qui disparaîtra... » Il disait que « la Lumière survit au chaos du Temps. Que de la source, toujours, elle jaillira... » Je me souviens exactement de ses paroles ! Et il me fixait du regard.

Gala observa Kheph, horrifiée.

—Si j'ai vu les dieux de mes propres yeux, poursuivit le jeune homme, c'est que ce n'étaient pas des esprits. Ils sont venus jusqu'ici, dans les corps des chimères.

—Tu veux dire...

—Qu'ils ont compris que leur nourriture était empoisonnée. Ils se sont évadés « physiquement » du Sanctuaire des Dieux pour ne pas s'exposer davantage aux actions menées contre les chimères. Ils ont besoin du réceptacle de leur corps. Ils sont venus sur le lieu annoncé par leurs hiéroglyphes... c'est-à-dire ici !

—Ils ne nous ont pas tués, ajouta Gala. Pourquoi ?

—Je n'en sais rien... Il faut partir.

L'Égyptien se leva et s'apprêta à quitter la salle du Trésor.

—Kheph ! Attends !

Le jeune homme se retourna et découvrit Gala, les yeux écarquillés.

—Ça y est ! Je me souviens de ce qui s'est passé !

Sekhmet est apparue. Elle m'a menacée. Puis Amon s'est approché de moi... et a tendu son bras comme pour m'attraper. La paume de sa main était décharnée. C'était horrible.

Elle réfléchit pendant quelques secondes et lâcha :

—Sa main... Le sang... Les empreintes...

Elle se leva, pénétra dans la chambre du sarcophage et braqua sa lampe sur un mur.

—Regarde !

Gala éclairait une trace de main ensanglantée, appliquée sur l'un des douze singes représentant les heures du Livre des Morts.

—Cette empreinte n'était pas là quand on est arrivés. Ce sont les dieux qui l'ont laissée.

—« L'heure élue dans la chambre cachée »... murmura Kheph.

Tous deux restèrent longtemps pétrifiés, les yeux rivés sur la marque sanglante. Les dieux avaient choisi... Ils allaient mettre l'Oracle à exécution ! Kheph réagit le premier. Il sortit son Trans et pianota sur le miniclavier, sélectionnant le fichier de la tombe de Toutankhamon.

—Ça y est ! J'ai trouvé les heures correspondant à chacun des douze babouins. Celle sur laquelle est appliquée la main est la dixième !

Il continua sa recherche.

—Écoute... Voilà ce qu'un texte ancien dit à propos de cette épreuve : « Sortez vers l'eau, joignez-vous au flot, nagez dans le flot primordial, gagnez le rivage. Vos corps ne pourriront pas, vos chairs ne se décomposeront pas. Dans l'eau, vous détenez une puissance et vous respirez : voilà ce que j'ai ordonné à votre sujet. » C'est Rê qui parle aux humains.

—Ce qui veut dire… qu'ils ont choisi l'épreuve de l'eau. Mais je ne comprends pas : dans le passage que tu as lu, les humains nagent dans le flot primordial et y respirent en y trouvant la Vie.

—Souviens-toi de l'Oracle : « Tremblez humains, car l'heure élue dans la chambre cachée se retournera contre vous. » Tu as entendu ? Se retournera contre vous ! Il faut inverser le sens de la dixième épreuve !

—L'inverser ?

—Les humains ne respireront pas dans le flot primordial : ils s'y noieront !

Gala sentit son sang se glacer. Elle déglutit et demanda :

—Mais qu'est-ce que c'est que ce flot primordial ?

—La source de toute vie, symbolisée autrefois par le Nil originel, celui qui coulait au début des temps et que les hommes viennent bêtement d'assécher.

—Kheph… Tu veux dire que les dieux ont décidé de punir les humains en les noyant dans le Nil ? Mais le fleuve n'est plus qu'une ridicule rivière qui charrie une misère d'eau polluée et…

Gala croisa le regard de l'Égyptien et y lut le désarroi. Elle comprit d'un coup ce qu'il imaginait.

—Kheph… Tu ne penses tout de même pas que…

—Si… Il n'y a pas trente-six solutions : ils vont détruire le barrage d'Assouan. Ça va être un cataclysme ! Toute la vallée de l'ancien lit va être anéantie par une vague gigantesque !

Il se tut et fixa les yeux effarés de Gala.

— Il faut prévenir les autorités. Vite !

19
Alerte maximale

Gala et Kheph traversèrent l'antichambre, coururent à travers le couloir pentu et grimpèrent à toute vitesse les escaliers. Ils sortirent dans la vallée et détalèrent jusqu'à l'endroit où ils avaient laissé Libélul. Le soleil inondait déjà la montagne d'une chaude lumière.

—Je rêve ! annonça ironiquement le robot en les voyant arriver. J'ai failli partir à votre recherche ! Qu'est-ce que vous faisiez ? Du shopping ?

—Je te raconterai plus tard… répliqua Gala, essoufflée.

—Regardez ce que j'ai enregistré sur *Terre-News.*

Les deux portes protégeant le ventre de Libélul coulissèrent pour laisser place à un minuscule écran. Le visage défait de Carl Carnegie apparut. Il était interviewé par un journaliste.

—*Pensez-vous que les ravisseurs des chimères soient encore à Thèbes-City ?*

—*Nous n'avons reçu aucune revendication*, répondit le P-DG, visiblement très marqué. *Nous attendons qu'ils se manifestent. Le plus tôt sera le mieux. Pour eux comme pour nous.*

— *On dit que les portes ont été défoncées et qu'au même moment les gardes ont été assommés. Des rumeurs évoquent un commando du FRV.*

— *Je ne peux rien vous dire pour l'instant.*

— *Pensez-vous que les chimères aient pu s'évader par elles-mêmes ?*

— *Ne dites pas de stupidités !* s'énerva Carnegie.

Il se tourna vers la caméra et déclara solennellement :

— *Je voudrais prévenir les ravisseurs que, s'ils nous rendent nos chimères saines et sauves, nous ne chercherons pas à les poursuivre en justice. Je leur donne ma parole.*

— Qu'en pensez-vous ? demanda Libélul en coupant l'enregistrement. Vous avez une idée de l'endroit où se trouvent ces bestioles, à présent ?

— Les dieux étaient dans la tombe, répondit Gala. Avec nous.

— Avec vous ?! sursauta le robot.

— Et à l'heure qu'il est, intervint Kheph, ils ont peut-être déjà atteint le barrage d'Assouan…

— … pour noyer la vallée du Nil, termina Gala.

Effaré, Libélul écarquilla ses yeux inoxydables.

— On a assez perdu de temps, décida le jeune homme. Il faut faire déclencher l'alerte maximale ! Elle prévoit le déplacement de toute la population sur les hauteurs, autour des rives de l'ancien lit, en cas de tremblement de terre ou de destruction intentionnelle du barrage. Il existe un réseau de sirènes tout le long de l'ancien fleuve pour alerter les populations.

—Qui peut déclencher cette alerte ?

—Le Centre de sécurité de Thèbes-City. Le commandant Iskander, qui en est le responsable, était l'ami de mon père. Il faut que je le prévienne. Mais Libélul doit d'abord nous conduire jusqu'à la navette.

Le robot activa ses ailes et se plaça au-dessus de Kheph et de Gala.

—Allez-y… Agrippez-vous. Libélul va sauver le monde !

Quelques minutes plus tard, le trio rejoignait la navette. Kheph prit les commandes et lança l'appareil en direction du Centre.

—Nous sommes arrivés, annonça l'Égyptien en atterrissant sur le parvis. Gala, il faudrait que tu ailles voir ce qui se passe au barrage d'Assouan pendant que je m'occupe du commandant Iskander. Au fait, tu sais conduire cet engin ?

—Euh… non, fit l'adolescente d'un air dépité.

—S'il n'y a que ça, intervint Libélul, ce n'est pas un problème. Je suis habilité à piloter une navette.

—Tu peux la conduire ? s'étonna Gala.

—Ben… oui. Qu'est-ce qu'il y a d'extraordinaire ?

—Super, trancha Kheph. Allez-y, partez ! Gala, je t'appelle sur ton Trans dès que j'ai du nouveau !

—Mon Trans ! réagit l'adolescente en se souvenant qu'elle l'avait laissé sur le tableau de bord de la navette.

Elle le saisit et contrôla sa messagerie : Morri avait appelé plusieurs fois. Elle devait être folle d'inquiétude… mais l'était-elle pour ses chimères ou pour sa fille ? Elle écouterait les messages plus tard. Kheph sauta de la navette et se dirigea vers le Centre sans se retourner.

—À moi de jouer… jubila Libélul.

Le robot réussit sans problème à faire décoller l'engin. Gala suivait Kheph des yeux par l'un des hublots.

Il va se retourner… espérait-elle.

Juste avant que la navette ne s'éloigne, le jeune homme pivota légèrement et aperçut le visage de l'adolescente. Il leva la main, comme un signe d'adieu. Gala n'eut pas le temps de répondre : Libélul avait enclenché les moteurs axiaux pour foncer vers le barrage d'Assouan.

—Salut, Kheph ! lança un garde à l'entrée du Centre. Ça fait un bail qu'on ne t'a pas vu. Comment ça va ?

—Ça pourrait aller mieux… répondit le jeune homme. Je viens voir le commandant Iskander. Il peut me recevoir ?

—Tu tombes mal. Tu n'es pas au courant ? Les chimères ont été enlevées cette nuit. C'est le branle-bas de combat dans toute la région.

—Justement, j'ai une information très importante à lui transmettre.

—Ah ? réagit le garde en fixant le jeune homme d'un air étonné. Alors, c'est différent. Ne bouge pas… Je l'avertis.

Le soldat sortit son Trans et contacta les services de liaison.

— Oui… entendit Kheph. Il veut voir le commandant Iskander… Je sais… mais il dit que c'est important. Ça concerne les chimères. D'accord ?

Le garde leva les yeux et déclara :

— Tu peux y aller. Tu as de la chance, il t'accorde trois minutes.

Kheph franchit le seuil et se dirigea vers le bunker principal, situé au milieu d'une vaste cour. Combien de fois avait-il accompagné son père dans ce lieu sinistre ? Arrivé devant le bâtiment, il déclina son identité et les portes s'ouvrirent. Deux soldats armés l'encadrèrent et le guidèrent dans un labyrinthe de couloirs. La petite troupe arriva devant une porte blindée, où un code fut activé. Une lumière verte clignota au-dessus du linteau et un battant s'entrouvrit.

— Kheph Narmer ! lança le commandant Iskander, un homme petit, moustachu, au visage sombre. Ça me fait plaisir de te revoir. J'espère seulement que tu as des choses importantes à m'annoncer parce que je n'ai pas le temps de m'amuser en ce moment.

Le jeune homme jeta un regard méfiant sur les gardes.

— Laissez-nous seuls ! ordonna le commandant à ses hommes.

Une fois les soldats partis, Kheph attaqua :

— Vous savez ce que mon père pensait du projet Chimerics.

— Ah non ! J'espère que tu n'es pas venu me reparler de ses théories, lança le militaire, agacé. Cette affaire d'Oracle est de l'histoire ancienne.

— Vous vous trompez, commandant.

— Comment ça ?

— Les chimères sont possédées par les dieux. Elles n'ont pas été enlevées. Elles se sont échappées cette nuit pour accomplir l'Oracle.

— Je ne suis plus d'humeur à écouter ce genre de plaisanteries ! gronda l'officier en s'apprêtant à rappeler les gardes.

Kheph insista :

— Vous avez pourtant soutenu mon père pendant deux ans. Et je vous rappelle que « ces plaisanteries », comme vous dites, ont provoqué la mort de mes parents. Mon père s'était opposé au projet du Sanctuaire des Dieux et ça ne plaisait pas à certaines personnes haut placées. Vous le savez très bien. L'enquête a révélé de curieux dysfonctionnements sur le vol qui a conduit au crash de son appareil, mais tout a été étouffé !

Les épaules d'Iskander s'affaissèrent.

— Je n'ai rien pu faire, tu le sais, Kheph. Il n'y avait pas de preuves, juste des présomptions. Mon insistance à prolonger l'enquête a même failli me coûter mon poste. Ton père était un ami très cher… Que veux-tu exactement ?

— Que vous déclenchiez l'alerte maximale.

— Quoi ?

— Le jour de l'Oracle est arrivé. Il faut alerter toute la vallée du Nil. À l'heure qu'il est, les dieux ont peut-être déjà atteint Assouan et se préparent à détruire le barrage.

— Foutaises ! lança l'officier.

— Le tremblement de terre d'hier, à Karnak : les dieux l'ont provoqué. J'étais là. Mon amie les a vus.

À cet instant, la ligne protégée d'Iskander sonna. Un visage affolé se matérialisa sur l'écran.

— *Commandant, ici le poste de sécurité d'Assouan. On a repéré les trois chimères au sommet du barrage. Elles se comportent bizarrement. Nos navettes n'arrivent pas à les approcher. On dirait... qu'un écran invisible les protège ! La terre commence à trembler...*

L'image sauta et l'écran redevint noir.

— Donnez l'alerte ! réagit aussitôt Kheph. Qu'attendez-vous ?

— Ce n'est... pas possible, balbutia Iskander. Je dois en référer... à mes supérieurs.

— Vos supérieurs ? Mais ils ne vous croiront jamais ! Vous avez entendu le rapport d'Assouan ! Les dieux sont sur le barrage !

— Les dieux... lâcha Iskander, décontenancé. Les dieux...

— Ils vont tout détruire ! cria Kheph. C'est une question de secondes !

— Ton père...

— Commandant ! Déclenchez l'alerte maximale ! Déclenchez-la !

Les injonctions du jeune homme sortirent l'officier de sa torpeur. Iskander se ressaisit, avança vers un coffre blindé, activa son ouverture et dirigea une dernière fois son regard vers Kheph, comme s'il voulait le prendre à témoin. D'un geste lent, il composa le code secret. Aussitôt, une sirène assourdissante retentit en ville ainsi que dans toute la vallée.

—L'Oracle… balbutia le commandant, le visage décomposé.

20
La terre tremble

Gala et Libélul n'avaient pas encore atteint Edfou, une ville située à mi-chemin entre Thèbes-City et le barrage d'Assouan, lorsque le hurlement d'une sirène retentit.

—Qu'est-ce que c'est ? sursauta le robot.

—L'alerte maximale ! Kheph a réussi !

Gala se pencha vers le hublot. Les gens quittaient précipitamment leurs maisons. Des dizaines de navettes surgissaient déjà des cités.

—Fais attention ! prévint l'adolescente. Ça décolle de partout. Continue de survoler le lit du Nil.

—N'aie pas peur, répondit Libélul. Je maîtrise complètement la situation.

Gala saisit une paire d'optiques dans la boîte à gants. Partout, au-dessous d'eux, les populations se hâtaient afin de rejoindre le secteur sécurisé situé sur des hauteurs, de chaque côté des rives du Nil. Tout ce qui pouvait rouler était réquisitionné pour transporter les familles les plus démunies. La panique était à son comble. Des milliers de fugitifs formaient des colonnes sur tous les chemins. Les militaires tentaient, comme ils le pouvaient, de canaliser les foules. Le Trans de l'adolescente retentit.

—*Allô ? Gala ?*

—Kheph ! Tu as réussi ! Comment as-tu fait ?

—*Je t'expliquerai plus tard. Que se passe-t-il dans la vallée ?*

—Les populations s'enfuient. C'est impressionnant.

—*Et vous ? Où êtes-vous ?*

—Au-dessus du Nil. Nous approchons du barrage d'Assouan.

—*Méfiez-vous... Les chimères sont déjà sur le barrage.*

—Kheph ! Et toi ? Tu t'es écarté de la zone dangereuse ?

—*Pas encore. Je suis avec le commandant Iskander. J'aide sa troupe à évacuer la population.*

—Fais attention à toi...

—*Ne t'inquiète pas.*

—Kheph, poursuivit Gala d'une voix émue. Je voudrais te dire...

—Inutile de continuer, l'interrompit Libélul. La communication a été coupée.

—Coupée ?

—Les lignes doivent être saturées. Tellement de gens cherchent à joindre leur famille !

—Maudit Trans ! grommela-t-elle en lançant l'appareil sur la banquette arrière.

Au même moment, la sonnerie retentit. L'adolescente s'empara à nouveau du combiné.

—Kheph ?

—*Allô, Gala ? C'est Morri.*

Devant le danger, les ressentiments que l'adolescente avait accumulés contre sa mère s'évanouirent. Elle demanda d'une voix tremblante :

—Tu as entendu l'alerte ? Où es-tu ?

—*Dans le Sanctuaire,* répondit Morri. *Et toi ?*

—Tu n'es pas encore partie ?

—*Je voulais d'abord savoir où tu étais. J'ai mis une éternité avant de pouvoir te joindre. Tous mes appels étaient bloqués. Où es-tu ?*

—Je suis en lieu sûr, à bord d'une navette.

—*Je ne comprends pas ! C'est l'enfer depuis qu'on est arrivés dans ce pays...*

—Il faut que tu quittes le Sanctuaire le plus vite possible, la supplia Gala. Prends une navette et rejoins les populations dans le désert. Sauve-toi, maman... Sauve-toi ! Allô ? Merde ! On a encore été coupées !

Pendant dix minutes, l'adolescente tenta de recontacter sa mère. Sans succès... La navette remontait le Nil à toute allure, survolant des villes et des villages presque entièrement vidés de leur population. Le désert, en revanche, grouillait de monde. Les hommes, les femmes et les enfants attendaient, le regard rivé vers le sud, ce sud d'où pouvait surgir à tout moment l'effroyable tsunami. Trente-deux ans plus tôt, un séisme avait déjà fait trembler le barrage. L'alerte maximale avait été déclenchée, mais l'édifice avait tenu bon.

—On arrive ! lança Libélul. Tu vois... Tout s'est bien passé.

Un ruban sombre apparut au loin, droit devant eux. La silhouette grandissait rapidement à mesure que la navette se rapprochait. À moins de trois kilomètres, l'obstacle prit l'allure d'un rempart cyclopéen.

—Le barrage, lâcha Gala, subjuguée par cette impressionnante vision. Je n'avais jamais vu quelque chose d'aussi gigantesque. Que se passera-t-il si les dieux le détruisent ?

La navette entra dans l'ombre du monstre de béton et s'éleva en direction de sa crête.

—Libélul ! Regarde ! Je vois trois silhouettes. J'ai l'impression que…

Gala braqua ses optiques et resta sans voix. Debout sur le barrage, Amon-Rê, Sekhmet et Khonsou levaient les bras face à la vallée du Nil. Des navettes militaires, impuissantes, tournoyaient autour des dieux. Une énorme fissure apparut soudain dans l'édifice.

—Prends de l'altitude ! cria Gala.

Libélul tira sur le manche pour monter en chandelle, mais une navette affolée coupa sa trajectoire. Déséquilibré, l'engin partit en vrille et heurta par deux fois le barrage. Il se serait fracassé au pied de l'édifice si Libélul n'avait pas réussi à reprendre les commandes. La navette retrouva *in extremis* son assiette à une dizaine de mètres du sol.

—Libélul ! cria Gala, les quatre fers en l'air au fond de la carlingue. Qu'est-ce que tu fous ?

—Je ne contrôle plus rien ! Les commandes sont endommagées. Le manche ne répond plus.

Tous les efforts du robot pour diriger l'engin restèrent vains. La navette filait vers le nord. Gala se retourna pour observer le barrage à travers le hublot arrière… et son cœur faillit s'arrêter. L'édifice se fissurait en de multiples endroits. L'eau commençait à jaillir par d'énormes brèches.

—Il va céder… balbutia-t-elle.

Dans un fracas indescriptible, tout craqua. Tel un océan en furie se libérant de ses entraves, les milliards de mètres cubes d'eau avalèrent la digue de béton dans un grondement épouvantable. On eût dit une montagne vomissant ses entrailles de boue : tout s'effondrait.

—Tourne vers le désert ! hurla Gala. Tourne vers le désert !

—Je ne peux pas ! Tout est bloqué !

Une vague monumentale se forma. Elle se rua dans la vallée du Nil, anéantissant toutes les constructions sur son passage. Le tsunami progressait en direction de la Méditerranée, poursuivant, du même coup, la navette de Gala. L'adolescente était tétanisée.

Elle nous rattrape, se disait-elle. *La vague nous rattrape…*

Les populations retranchées dans les montagnes virent avec effroi l'énorme vague rugir, gonfler et atteindre la taille d'un immeuble d'au moins dix étages ! Devant elle, la minuscule navette filait aussi vite qu'elle pouvait. Six cents, cinq cents, quatre cents mètres… L'avance de l'engin fondait implacablement.

— Je ne peux pas virer ! criait Libélul. Ni prendre de l'altitude. On va se faire engloutir !

Trois cents mètres… deux cents mètres…

Gala ferma les yeux et pria de toutes ses forces.

Cent mètres… cinquante mètres…

Lorsqu'elle rouvrit les paupières, la montagne d'eau s'apprêtait à les avaler. Ils allaient être broyés comme des fétus de paille. Le vacarme était si assourdissant que Gala crut que ses tympans allaient éclater. La vitre arrière était déjà martelée par des projections boueuses.

— C'est fini… murmura l'adolescente. C'est fini…

Soudain, une secousse la fit basculer sur le côté. Elle heurta violemment la carlingue et manqua de s'assommer. La navette avait brutalement changé de direction.

— J'ai réussi ! cria Libélul. J'ai réussi ! J'ai repris les commandes. On survole le désert ! On est sauvés !

Gala essaya de retrouver ses esprits. Des larmes de joie perlèrent sur ses joues.

— J'ai cru… que c'était… la fin, balbutia-t-elle.

Elle jeta un coup d'œil à travers le hublot, et vit la vague s'éloigner vers le nord.

— Je vais essayer d'atterrir, décida Libélul, euphorique.

— Pas tout de suite ! réagit Gala. Tu vois bien que ça grouille de monde. Attends encore un peu !

Des centaines de réfugiés levèrent les bras au ciel au passage de l'engin. Lorsque tout risque fut écarté, Libélul visa un terrain plat et coupa les moteurs.

— Accroche-toi ! hurla-t-il.

Emporté par son élan, l'engin plana encore pendant quelques secondes. Il toucha finalement le sol dans une gerbe d'étincelles et s'empala dans une dune. Au loin, la vague terrifiante poursuivait son voyage infernal.

21
Après la vague

T*asstayqidou*[6]*! Tasstayqidou!* crièrent des hommes en djellaba.

Gala tenta d'ouvrir les yeux, mais le soleil l'éblouit tellement qu'elle se ravisa. L'image d'Azane traversa son esprit. Celle de Kheph aussi, avec son turban bleu sur la tête. Tout se brouillait. Elle se souvenait de la vague gigantesque, du crash de la navette, des milliers d'étincelles qui avaient accompagné l'atterrissage.

—Laissez-la tranquille, s'il vous plaît. Laissez-la! Vous êtes gentils, mais il faut la laisser respirer.

Libélul, se dit Gala. *C'est la voix de Libélul.*

Elle était vivante! Elle avait perdu connaissance… Pendant combien de temps? Elle rouvrit les yeux en se protégeant, cette fois, de la brûlure du soleil.

—Tu m'as fait peur! s'exclama le robot.

Il battit des ailes dans un bruit de casseroles. Lui non plus n'était pas sorti indemne de l'atterrissage.

---

6. *Tasstayqidou* : « Elle se réveille », en arabe.

—Où sommes-nous ? demanda Gala.

—Au milieu de nos sauveurs, répondit Libélul. Pour l'instant, mes circuits sont trop endommagés pour traduire leurs paroles.

—Je suis restée longtemps inconsciente ?

—D'après mon horloge… environ une demi-heure.

—Mon Trans ? Où est mon Trans ? paniqua Gala.

—Il est hors d'usage.

L'adolescente en aperçut un entre les mains d'un homme en djellaba. Elle se dressa et le désigna.

—S'il vous plaît… prêtez-le-moi…

L'Égyptien comprit sa demande et le lui tendit avec un sourire, mais toutes les lignes étaient saturées. Gala, accablée, se leva d'un coup.

—Il faut partir, déclara-t-elle.

—Partir où ? s'inquiéta le robot.

—À Thèbes-City. Je veux savoir si Kheph et Morri sont sains et saufs.

—Impossible, Gala. Notre navette est hors d'usage.

—Et celles-ci, répliqua l'adolescente en montrant trois engins stationnés à une centaine de mètres.

—Elles appartiennent à ces hommes qui sont venus nous secourir.

Gala sortit une bourse de sa poche et la tendit aux Égyptiens.

—Thèbes-City ! répétait-elle. Thèbes-City !

Un des hommes réagit. Il s'empara de la bourse, compta les billets qu'elle contenait et acquiesça.

—Il va nous emmener, soupira Gala, soulagée.

Cinq minutes plus tard, la navette filait vers le nord. Gala, Libélul et leur pilote étaient loin d'être seuls : une armada d'appareils civils et militaires se bousculaient dans le ciel. Leurs reflets rebondissaient sur les vagues argentées du Nil ressuscité. Le ru saumâtre était redevenu un fleuve gigantesque, si large qu'il ressemblait presque à une mer intérieure ! Gala colla son nez contre un hublot et observa les dégâts du cataclysme : de nombreuses villes avaient les « pieds dans l'eau ». Les palmiers ébouriffés jaillissaient en gerbe des marécages formés. Une eau boueuse recouvrait les cultures. Cette situation rappelait les vieilles photos prises un siècle et demi plus tôt, lors des crues annuelles que subissait le pays, avant que le grand barrage d'Assouan ne soit construit. Gala réfléchit et pensa aux millions de tonnes de limon qui avaient été retenues depuis des décennies par le barrage... le limon fertile, à nouveau répandu dans la vallée. Le pilote égyptien, éberlué, observait ce paysage et finit par pleurer.

Au-delà des terres inondées, les autorités organisaient les secours. Des villages de tentes allaient bientôt être montés. Quel étrange spectacle que cette foule gigantesque, bigarrée, massée de chaque côté du fleuve, s'apprêtant à vivre des semaines redoutables d'inconfort.

Malgré tout ce désastre, c'est un miracle, se dit Gala. *La vague aurait pu faire des millions de morts.*

Elle scruta l'horizon et aperçut, à l'ouest, la silhouette amaigrie du Nouveau Nil. Le fleuve artificiel, symbole de l'orgueil humain, disparaissait lentement depuis que le barrage d'Assouan s'était effondré. Gala posa à nouveau son regard sur le Nil ressuscité, et songea au chaos annoncé par l'Oracle.

Les prêtres qui l'ont transcrit se sont trompés, pensa-t-elle. *Amon-Rê n'est pas revenu pour se venger des Égyptiens. Il est revenu pour restituer leur lien avec le fleuve sacré... le Nil nourricier!*

—Thèbes-City est en vue, déclara Libélul. Et mes circuits se régénèrent. Je peux parler au pilote dans sa langue. Où veux-tu qu'on atterrisse?

Gala reconnut les ruines de Karnak, émergeant des flots. Elle tourna son regard et découvrit les pointes de deux obélisques, perdues au milieu des eaux.

—Le Sanctuaire des Dieux! lâcha-t-elle.

L'édifice de Chimerics avait été englouti.

—Maman... Où es-tu? trembla-t-elle. Et Kheph?

Un hélicoptère de l'armée tournait au-dessus du site immergé. Un corps flottait, se cognant mollement contre l'extrémité d'un obélisque. Des plongeurs sautèrent dans l'eau, puis hélitreuillèrent le corps dans l'appareil. L'opération terminée, l'engin s'éloigna en direction de la terre ferme. Une boule d'angoisse saisit Gala.

—Suivez-les! dit-elle.

Libélul traduisit les ordres. Deux minutes plus tard, l'adolescente posait les pieds sur une base d'urgence aménagée par l'armée. Elle courut aussitôt vers l'hélicoptère. Arrivée devant l'engin, elle fut retenue par deux militaires.

—Laissez-moi passer ! Je suis Gala Starnberg ! Libélul ! Explique-leur qui je suis ! Je veux savoir qui ils ont récupéré !

Le robot obtempéra.

—Ils disent qu'il n'y a plus rien à faire, annonça-t-il gravement.

Gala devint blême. Elle bouscula les soldats, s'approcha de la civière que les secouristes extirpaient de l'hélicoptère et découvrit la dépouille de Carl Carnegie. Le visage du P-DG était figé dans une grimace atroce. L'adolescente resta un long moment muette. Le corps de Carnegie n'était plus qu'un amas inerte de chair et de sang. Pas le moindre soupçon d'une aura. Son âme l'avait quitté.

—Ma mère ! se reprit-elle soudain. Où est ma mère ?

Libélul interrogea les militaires, qui ne purent répondre.

—Demande-leur de me prêter un émetteur. Il faut que j'appelle maman sur leur fréquence.

Libélul sut être persuasif. Gala composa le numéro de Morri et entendit les sonneries se répéter.

—Réponds, maman. Réponds… Je t'en supplie !

—*Allô ?*

—Maman ! C'est Gala ! Je… Je…

L'adolescente fondit en larmes.

—*Ma chérie !* pleura Morri. *Tu es vivante ! Tout est fini. Le raz-de-marée est passé. Nous sommes saufs.*

—Maman… Carl Carnegie est mort.

Silence.

—*Carl…*

—Oui. Ils viennent de repêcher son corps.

—…

—Maman ?

—*Carl… C'est horrible. Il nous avait dit qu'il nous rejoindrait dans la zone de sécurité.*

—Où es-tu, maman ?

—*Gala… Je te demande de me pardonner. Toutes ces années à te mentir… à te faire souffrir. Pardonne-moi ! Je t'en prie… Je t'aime.*

—Moi aussi, maman. J'ai eu si peur de te perdre. Où es-tu ?

—*Dans le désert, avec la population. Gala, retourne à l'hôtel. J'ai téléphoné. Il a échappé au raz-de-marée. Attends-moi dans ta chambre, le temps que je te rejoigne. Je veux d'abord m'occuper de la dépouille de Carl… Tu veux bien ?*

Gala acquiesça et quitta sa mère. Puis elle songea à Kheph. Comment pourrait-elle le contacter ?

Le commandant Iskander, se dit-elle. *Il faut que je l'appelle !*

Elle se tourna vers Libélul et lui demanda de trouver le numéro du commandant. Le robot interrogea un militaire.

—Il me dit que le commandant Iskander est porté disparu, expliqua Libélul, d'une voix grave. Sa navette s'est fait happer par la vague lorsqu'il a voulu secourir Carl Carnegie. Son corps n'a pas été retrouvé.

—Et Khephren Narmer ! Qu'est devenu Khephren Narmer ?

—Il prétend qu'un jeune homme en civil accompagnait sa patrouille. Son corps non plus n'a pas été retrouvé.

—Kheph… sanglota Gala. Non… Pas lui !

Les yeux écarquillés, l'adolescente fixait la surface du Nil.

—Pas lui… répétait-elle en pleurant. Pas lui…

L'hôtel Ramsès était désert quand Gala le rejoignit. Le militaire qui l'avait conduite la salua, puis reprit son vol au-dessus de la mégalopole partiellement inondée. L'armée occupait les avenues principales pour prévenir les scènes de pillage. Gala entra dans le hall, vidé de tous ses touristes. Libélul l'accompagnait sans prononcer un mot. Personne à l'accueil. Elle traversa la grande salle et tenta machinalement de prendre l'ascenseur. Plus d'électricité. Elle se dirigea vers les escaliers. La vie s'était arrêtée dans ce hall à la splendeur arrogante. La veille, des touristes opulents riaient ici-même des dernières plaisanteries à la mode. Tous ces souvenirs paraissaient désormais très lointains. Gala monta les escaliers comme une automate. Son âme pleurait Khephren. Son corps était un abîme. Elle avait envie de vomir sa vie, ne plus rien retenir… Arrivée au deuxième étage, elle voulut s'affaisser, mais Libélul la retint.

—Par ici, lui dit calmement le robot.

Il composa le code de la chambre. La porte s'ouvrit. Soutenue par Libélul, Gala avança et tituba dans l'entrée obscure, puis elle s'arrêta. Là, devant elle, se dressait le fantôme de Khephren. Le sceptre lumineux la fixait. Il venait lui faire ses adieux avant de partir pour le séjour des morts.

—Kheph… murmura Gala.

L'esprit ne bougeait pas.

—Kheph. Je t'aime…

L'adolescente s'effondra sur le sol, en pleurs. Libélul resta silencieux, les paupières fixes. L'esprit hésita, s'avança vers Gala et fit un geste, comme pour lui caresser la joue, puis il se dirigea vers la chambre où il sembla s'évanouir… entraîné par un cordon d'argent.

—Kheph ? bredouilla Gala.

—Gala ? C'est toi ? répondit une voix ensommeillée.

Avec un rugissement de joie, l'adolescente se releva et se précipita dans la chambre, suivie par Libélul. Elle découvrit son ami en train de se redresser sur le lit.

—Kheph ! Tu es vivant ! Kheph !

Elle lui sauta dessus et le serra si fort qu'il suffoqua. Le jeune homme était encore trempé.

—Arrête, supplia-t-il. J'ai échappé à la noyade… ce n'est pas pour finir étouffé !

Gala ne l'écoutait pas. Elle pleurait et riait à la fois.

—Comment… as-tu fait ? bredouilla-t-elle.

Kheph expliqua qu'il avait insisté pour accompagner les troupes de secours du commandant Iskander jusqu'au Sanctuaire des Dieux.

—Nous étions deux navettes. Je voulais m'assurer que ta mère avait quitté les lieux. Mais elle était encore là avec d'autres membres de Chimerics. La première navette l'a récupérée avec l'équipe d'infirmiers. J'étais à bord de la deuxième, celle du commandant Iskander. Carnegie refusait de quitter le Sanctuaire. Il était devenu fou ! Iskander voulait l'emmener de force. Et puis tout s'est passé très vite... Des soldats de la troupe ont hurlé en voyant la vague arriver. C'était trop tard. Tout a basculé...

Kheph essayait de retrouver le souvenir de ces terribles instants.

—J'ai cru que mes poumons allaient éclater. J'étais entraîné par les tourbillons... et puis... l'impensable est arrivé. Je crois... que quelqu'un m'a agrippé... m'a hissé hors de l'eau. Quand j'ai retrouvé mes esprits, j'étais devant l'hôtel... à l'abri.

—Qui ? Qui t'a sauvé ?

Le regard de Kheph changea. Ses yeux semblaient scruter l'infini.

—C'était une silhouette étrange... dorée... Elle ressemblait à... Amon-Rê...

Soudain, son visage s'illumina.

—Je comprends, maintenant, pourquoi il nous a épargnés dans le tombeau de Toutankhamon. Il nous donnait pour mission de sauver mon peuple. Il a laissé son empreinte sur la dixième heure pour nous guider. Il ne voulait pas se venger, juste redonner le Nil à mon peuple.

Gala et Kheph se regardèrent intensément, en silence, comme s'ils voulaient s'imprégner de cette incroyable révélation. Après un long moment, le jeune homme reprit :

—C’est étrange. Juste avant de me réveiller, j’ai rêvé que je te caressais la joue… comme ça…

Et il joignit tendrement le geste à la parole.

—Kheph, balbutia Gala. Ne fais pas ça !

—Pourquoi ?

—Je… je ne suis pas une fille… comme les autres.

—Je le sais.

—Non… Tu ne comprends pas. Je suis quelqu’un de… fabriqué. Morri n’est pas ma mère et…

—Je sais, Gala. Libélul m’a tout expliqué !

—Libélul ! tonna l’adolescente en lançant un regard sombre au robot.

—On a sympathisé dans ma navette, pendant le trajet jusqu’au tombeau de Toutankhamon. Souviens-toi… tu t’étais endormie.

—Alors, tu sais que…

—… tu as de magnifiques yeux de chatte, l’interrompit le jeune homme.

—Tu te moques de moi ! Méfie-toi, sinon je…

Kheph ne lui laissa pas le temps de finir sa phrase. Il déposa un doux baiser sur ses lèvres. Perché sur une armoire de la chambre, Libélul battit des paupières et émit un large sourire électronique.

Sources

Cette aventure n'existerait pas sans l'aide de nombreuses personnes qui m'ont offert leur documentation et m'ont guidé dans l'univers, oh combien intimidant ! de l'Égypte ancienne. Je remercie tout particulièrement Anne-Marie Berthelot, Danièle et Patrice Grégoire, Said Bettahar et Fatiha, ainsi que Françoise Chaserant, conservateur en chef, directeur des Musées du Mans, pour ses éclaircissements concernant la lecture du nom de couronnement de Toutankhamon (Nebkheperourê).

Les visites des deux tombes reproduites dans le musée de Tessé au Mans — celle de Nefertari et celle de Sennefer (la célèbre Tombe aux vignes) — m'ont aussi été très utiles. Si vous êtes intéressé par l'Égypte ancienne, je vous recommande de vous y aventurer. Vous ne serez pas déçu du voyage…

J'ajoute que je n'ai pas inventé l'idée d'un « nouveau Nil » parallèle à celui existant aujourd'hui. Il est fait mention de ce projet dans un article de la revue *Géo* n° 248, paru en octobre 1999.

Enfin, à ceux que le monde des auras intrigue ou interpelle, je conseille la consultation du livre de Barbara Ann Brennan, aux éditions Tchou, intitulé *Le Pouvoir bénéfique des mains*. Il contient de nombreux dessins et planches très explicites.

Saint-Malo, le 5 novembre 2002

Table des matières

L'auteur : Éric SIMARD

Éric Simard est né en 1962 à Joigny, dans la vallée de l'Yonne. Il vit actuellement en Bretagne. Il a d'abord rêvé d'être basketteur professionnel, avant de devenir ingénieur biochimiste. Mais travailler sur des molécules à longueur d'année l'a vite lassé. A 26 ans, il part à l'aventure à travers l'Europe. De retour en France, il crée des ateliers culturels dans les prisons de la région parisienne. C'est durant cette période qu'il commence à s'évader à travers les mots...

En 1997, il crée la série télévisée Kandelya *diffusée sur des chaînes allemande, française et scandinave (contes fantastiques destinés à un public de 3 à 7 ans). Depuis 1998, il publie régulièrement des histoires et des romans pour la jeunesse. On lui doit, principalement,* Les Passagers de l'orme *(1998),* Le Souffle de la pierre d'Irlande *(1999 – prix de la PEEP, prix européen de la Ville de Poitiers, prix des Incorruptibles) et sa suite* L'Aigle de Kylemore *(2002) et* Le Chant sacré des baleines *(2001), tous parus dans la collection* Les Fantastiques *(Magnard).*

Éric Simard a nourri de sa « première vie » d'ingénieur biochimiste son premier roman de science-fiction Les Chimères de la mort *(Autres Mondes, 2001). Avec* L'Oracle d'Égypte, *il mêle de manière originale manipulations génétiques et Égypte ancienne.*

Éric est aussi au sommaire de l'anthologie Les Visages de l'humain *(même collection) avec* Clarisse, *une autre histoire de chimère.*

L'illustrateur : Philippe MUNCH

Né à Colmar en 1959, Philippe Munch vit actuellement à Strasbourg. Il a toujours été passionné par le dessin et la lecture, ce qui l'a naturellement amené à la bande dessinée (premières réalisations en 1966 !). Après des débuts professionnels dans la BD, il se tourne vers l'illustration en 1984. Les plus grands éditeurs l'accueilleront : Gallimard, Casterman, Nathan, Hachette Jeunesse, Albin Michel, etc.

C'est dans le domaine de l'illustration qu'il peut renouer avec la SF et la fantasy, *ses domaines de prédilection. C'est ainsi qu'il a illustré* Le Seigneur des Anneaux *de Tolkien (Gallimard),* Les Aventures de Kerri et Megane *de Kim Aldany (Nathan),* Le Maître de Juventa *de Robert Belfiore (Hachette Jeunesse),* La Louve et l'enfant *d' Henri Loevenbruck (Bragelonne) et, surtout,* Rougemuraille *de Brian Jacques (Mango), dont les somptueuses couvertures ont largement contribué au succès de la série.*

Avec Manchu, il est l'illustrateur attitré de la collection Autres Mondes. Ses récentes couvertures des deux anthologies Les Visages de l'humain *(d'après Léonard de Vinci) et* Demain la Terre *ont été très remarquées. Il a aussi illustré* Sa Majesté des clones *de Jean-Pierre Hubert et le roman précédent d'Éric Simard,* Les Chimères de la mort.

« Mais si l'espace me fascine, *précise Philippe Munch,* je n'en reste pas moins passionné par une planète particulière, la Terre que j'essaie de découvrir au fil de nombreux voyages faits en compagnie de ma compagne et mon fils. »

Et de conclure : « Je suis également très bon au babyfoot. Surtout à l'arrière. »

AUTRES MONDES

Collection dirigée par Denis Guiot
Pour tout lecteur, dès onze ans

Une exploration passionnante de
l'imaginaire de science-fiction :
réalités virtuelles et truquées, planètes lointaines,
rencontres avec des extraterrestres,
mondes parallèles de la *fantasy*,
voyages dans le temps, sociétés futures, *Homo futuris*…

Une invitation à l'aventure, au rêve et à la réflexion
pour les jeunes du troisième millénaire.

« Un des partis pris de cette nouvelle collection de Mango intitulée Autres Mondes *et dirigée par Denis Guiot, parfait connaisseur de la science-fiction jeunesse, est de stimuler autant l'imagination que la réflexion. »*
Frédérique Roussel, Libération.

TITRES DÉJÀ PARUS

1. GRAINES DE FUTURS

Anthologie dirigée par Denis Guiot, préface d'Albert Jacquard

Clones acteurs de cinéma, éoliennes flottant dans la haute atmosphère, logiciels sentimentaux, maisons tueuses, bananes qui vaccinent, nanorobots fantômes, retour de l'homme sur la Lune...
À l'aube du IIIe millénaire, l'éventail des futurs possibles engendrés par l'accélération de la connaissance scientifique donne le vertige et a inspiré les sept nouvelles inédites réunies dans cette anthologie.
Sept graines de futurs plantées par les meilleurs écrivains de science-fiction pour la jeunesse : Ange, Robert Belfiore, Christian Grenier, Alain Grousset, Jean-Pierre Hubert, Christophe Lambert, Danielle Martinigol et Joëlle Wintrebert.

« Composée d'abord pour la jeunesse, brillamment préfacée par Albert Jacquard, cette anthologie fait partie des livres à la lecture desquels on se sent devenir plus intelligent. »

François Rahier, *Sud-Ouest Dimanche*

2. LES CENDRES DE LIGNA

par Jean-Pierre Hubert

Dans la profondeur des forêts de la planète Ligna se cache un arbre aux pouvoirs mystérieux qui excite bien des convoitises : le ginnka. Jusqu'à présent, Maître Harvinn et ses apprentis Jona et Rick ont exploité ses richesses tout en respectant la planète et ses habitants, les Cendreux, des êtres étranges mi-humanoïdes, mi-végétaux, pour qui le ginnka est un arbre sacré. Mais d'autres colons, plus soucieux de rentabilité, décident d'utiliser une monstrueuse machine robotisée, le mégabull. Le ginnka se transforme alors en un redoutable adversaire.

« Les Cendres de Ligna *est un planète opéra développant une thématique écologique de façon très intelligente et avec une grâce d'écriture peu commune, qui bénéficie de surcroît d'une superbe couverture de Manchu. »*

Jacques Baudou, *Le Monde*

3. L'ŒIL DES DIEUX

par Ange

(PRIX ADOS RENNES/ILLE-ET-VILAINE 2001-2002, PRIX J'AI LU, J'ELIS 2001 des Ados de la Ville d'Angers, PRIX PLAISIRS DE LIRE 2002 [Catégorie 6e-5e] du département de l'Yonne, PRIX DU CLUB DES LECTEURS ARDEP/Ile-de-France 2001-2002)

Ils ont entre neuf et quatorze ans et sont divisés en bandes rivales : les Loups, les Ours et les Crazes. Ils sont vingt-neuf exactement qui vivent depuis toujours dans la Bulle, un lieu étrange et hermétiquement clos qui leur dispense nourriture et énergie.
Depuis que les robots qui s'occupaient d'eux se sont immobilisés à jamais, ils passent leur temps à se faire la guerre, sous la conduite de Mina pour les uns et de Jeff pour les autres. Mais un jour, les distributeurs de nourriture s'arrêtent de fonctionner et la Bulle protectrice se métamorphose en un piège mortel.

« L'Œil des dieux *est une robinsonnade en forme de réflexion sur les mythes et la naissance des religions, qui dose adroitement suspense et drame.* »

Stéphane Manfredo, *La Revue des livres pour enfants*

4. LE SOUFFLE DE MARS

par Christophe Lambert

Mars, année 2121. La colonisation a commencé. Le jeune Keith David fait partie d'une petite équipe qui effectue des relevés scientifiques du côté de Chasma Borealis, la plus grande vallée glaciaire du pôle Nord. Mais la navette qui doit venir les reprendre s'écrase à l'atterrissage. De plus, *Bradbury Town*, la base principale, ne répond plus. Après un périple épuisant à travers les déserts de la planète rouge, Keith et ses amis rejoignent la base, où l'horreur les attend...
Un suspense martien implacable, par l'auteur de *Titanic 2012*.

« Non seulement l'auteur a construit un récit qui tient en haleine, mais il y a greffé mille références aux grands maîtres de la science-fiction. »

Françoise Harrois-Monin, *Ciel et Espace*

5. LES ABÎMES D'AUTREMER

par Danielle Martinigol

(GRAND PRIX DE L'IMAGINAIRE 2002,
PRIX E. LECLERC DU ROMAN JEUNESSE 2002
du Salon Jeunesse de Rueil-Malmaison)

Sandiane a 16 ans. Elle est l'assistante de son père, grand reporter. Tous deux traquent le scoop à travers tout le cosmos. Ils décident d'aller sur la farouche planète-océan Autremer afin de percer le secret des Abîmes, ces astronefs mythiques qui en seraient originaires. Mais là, Sandiane et son père se retrouvent en butte à l'hostilité des habitants, et tout particulièrement à celle du jeune Mel et de son oncle, guides-pilotes de safaris sous-marins. Quel redoutable secret dissimulent les eaux de la planète Autremer ? Lorsque Sandiane découvrira l'incroyable vérité, osera-t-elle la diffuser dans toute la galaxie, au risque de détruire la civilisation autremerienne ? Après *Les Oubliés de Vulcain*, un nouveau grand roman écologique et romantique de Danielle Martinigol.

« Dans Les Abîmes d'Autremer, *[Danielle Martinigol] ébauche une réflexion qui n'est pas manichéenne sur le pouvoir médiatique, ses vertiges et ses excès ; mais surtout elle imagine une très belle relation symbiotique entre les humains et une espèce extraterrestre habitant la planète-océan Autremer, espèce capable de sillonner des mers de nature très différente... Et elle enrobe le tout en relatant l'itinéraire d'une jeune fille de seize ans un peu trop sûre d'elle qui, en tentant de percer un secret, va tout bonnement changer sa vie. »*

Jacques Baudou, *Le Monde*

6. SQUATTEUR DE RÊVE !

par Dany Jeury

Victime d'un grave accident de skate, Thibaut est depuis une semaine dans le coma. Bardé de tuyaux de toutes sortes et de fils électriques reliés à un ordinateur, allongé sur son lit d'hôpital, il rêve... de ses potes et de Plotte, son amie de cœur. Bien malgré lui, Paulin, un jeune punk aux cheveux rouges qui travaille dans la clinique, est projeté dans l'univers intérieur de Thibaut et se retrouve en train de squatter le rêve du skateur ! D'insolite au départ, la situation se transforme en un dramatique chassé-croisé entre rêve et réalité. Car la mort rôde dans le coma de Thibaut.

« [...] Pour ceux qui aiment rêver et squatter les rêves des autres, ce premier roman à l'écriture simple et d'une grande fraîcheur sera un vrai bonheur. »

Martine Lavogez, *www.noosfere.org*

7. LES VISAGES DE L'HUMAIN

Anthologie dirigée par Denis Guiot,
préface d'Axel Kahn
(PRIX BOB MORANE 2002 DE LA NOUVELLE à *Journal d'un clone* de Gudule)

Manipulations génétiques, conditionnement neurobiologique, clonage et cyborgs redessinent de manière accélérée les frontières de l'humain. Que sera l'homme de demain ? À sa sortie de la « grande fabrique du vivant », appartiendra-t-il toujours à l'espèce *Homo sapiens* ? Conservera-t-il toujours son libre arbitre ? Pour répondre à ces questions de plus en plus pressantes, *Les Visages de l'humain* réunit au sommaire Jean-Pierre Andrevon, Fabrice Colin, Christian Grenier, Gudule, Jean-Pierre Hubert et Éric Simard. Six nouvelles décapantes pour faire le tour de l'*Homo futuris* !

« Soyons francs : qui aurait soupçonné qu'une anthologie estampillée « jeunesse » puisse un jour faire date, même de façon relative, dans l'histoire du genre en France ? [...] Il y a du miracle là-dedans. On s'en rend compte d'ailleurs tout de suite : même la couverture est splendide, c'est dire ! »

Bruno della Chiesa, *Galaxies*

8. LES CHIMÈRES DE LA MORT

par Éric Simard

Fin du XXIe siècle. Les colons luniens se sont révoltés contre la domination de la Confédération terrienne. Emmenées sur la face cachée de la Lune par le lieutenant Sorg Lancray, les Chimères de la Mort (des créatures animales mi-gorille, mi-tigre) prennent part au conflit. De retour dans la demeure familiale, un fort au large de Saint-Malo, Sorg découvre que son frère, généticien pour la Confédération et qu'il n'avait plus vu depuis des années, lui a légué à sa mort le fruit de ses recherches interdites, Onyx, une chimère d'un nouveau genre, mi-humaine, mi-féline. Dans quel but ?
Biologiste de formation, Éric Simard aborde le sulfureux problème du croisement entre espèces.

« Éric Simard aborde ici le problème de la manipulation génétique, sans oublier de bâtir une histoire solide avec des personnages attachants et le suspense nécessaire pour que le lecteur ait envie d'avoir le fin mot de l'histoire. »

A.L. Dometoff, *Lanfeust Mag*

9. LES ENFANTS DE LA LUNE

par Fabrice Colin

(18e Grand Prix des Jeunes Lecteurs organisé par la PEEP)

Décembre 1942. Paris occupé gémit sous la botte nazie. Deux jours avant Noël, le jeune Adrien reçoit un étrange appel au secours, destiné en fait à son grand-père... mort il y a plus de dix ans ! « Aux temps maudits de l'Exode, vous avez aidé notre peuple. Une fois encore, et sur les recommandations de notre reine, nous faisons appel à vous. » Signé : Leydamoon du peuple Annwyn. Adrien se lance alors dans une dramatique course contre la montre pour sauver les derniers Annwyns pourchassés par les Siths, d'abominables créatures de la nuit qui se sont associées aux nazis. Hélas, tous les passages permettant à Leydamoon et à son peuple de quitter notre univers se sont refermés. Tous... sauf un.
Une *fantasy* urbaine aux accents poétiques, ancrée dans une époque douloureuse de l'histoire contemporaine.

« Fabrice Colin est un enchanteur, ses romans et ses nouvelles provoquent un sentiment jubilatoire d'émerveillement... Faudrait-il en faire la démonstration que Les Enfants de la Lune, *sa première incursion dans la littérature jeunesse, serait tout indiqué. »*

Jacques Baudou, *Le Monde*

10. CLONE CONNEXION

par Christophe Lambert

L'Internet est mort, vive l'Intersphère ! Enveloppant la Terre, ce champ de forces invisible contient des milliards de données. Mais pour y accéder, il faut passer par des êtres humains appelés « connecteurs », capables de surfer sur cet océan d'informations grâce à leurs facultés psychiques.
C'est parce qu'il possède de tels pouvoirs que le jeune Frédéric Lorca est engagé par la Com. Amalgam, l'entreprise à l'origine de ce Web du futur. Peu après, Frédéric apprend qu'une terrible menace se cache dans l'Intersphère. Il décide de mener l'enquête. Finira-t-il par découvrir l'effrayante vérité ? Et lui-même, qui est-il réellement ?

« Prenant, mais pas seulement. Ce roman musclé pose, mine de rien, toutes sortes de questions sur notre société et notre envie de vouloir ressembler aux autres. »

Pierrette Rieublandou, *Okapi*

11. LES REBELLES DE GANDAHAR

par Jean-Pierre Andrevon

Venant de la Terre mythique, la belle Athna a débarqué sur Tridan. Depuis, plus rien n'est comme avant dans le paisible royaume de Gandahar. En effet, l'Envoyée de la Terre a décidé, avec l'aide de ses inquiétants animators, de faire connaître aux habitants du royaume les « délices » de l'ère industrielle. Même le chevalier Sylvin semble envoûté ! Heureusement, la douce Airelle à la peau bleue se rebelle.
Jean-Pierre Andrevon revient à son univers de prédilection, le monde fascinant de Gandahar, porté en 1987 à l'écran par René Laloux, sur des dessins de Caza

« Les Rebelles de Gandahar *est l'un des plus beaux romans pour enfants que j'aie eu l'occasion de lire. Un des plus beaux tout court. [...] Sur une histoire simple et agréable à lire, l'auteur fait un bouleversant plaidoyer pour la vie et la nature.* »

Lucie Chenu, *Science-Fiction Magazine*

12. SA MAJESTE DES CLONES

par Jean-Pierre Hubert

Poursuivie par les redoutables Arachnos, une navette de sauvetage ayant à son bord une vingtaine d'enfants terriens s'écrase sur une planète sauvage, en bordure d'un lagon. Rapidement, ces vacances forcées tournent au cauchemar : la planète recèle mille dangers, les enfants découvrent une mystérieuse épave arachnos capable de fabriquer du vivant et, surtout, des rivalités apparaissent qui vont faire craquer le vernis de civilisation.
Un hommage audacieux au fameux roman de William Golding, *Sa Majesté des mouches*.

« Mêlant aventure, science-fiction et réflexion éthique, dans un environnement cruel et violent, aussi bien intérieur qu'extérieur, Jean-Pierre Hubert captive par la simplicité de sa narration et par l'inéluctabilité de son histoire. »

A.L. Dometoff, *Lanfeust Mag*

13. PROJET OXATAN
par Fabrice Colin
(PRIX GAYANT LECTURE 2003 du Salon du Livre de Douai)

Phyllis, Jester, Diana et Arthur, quatre adolescents orphelins, vivent depuis toujours au fond d'un cratère martien terraformé tapissé d'une jungle luxuriante où se cacheraient des ogres. Sous la garde de MG, leur gouvernante un peu folle, ils sont reclus dans une grande maison qu'ils ont baptisée le « Bunker », entourée d'un marécage infesté d'alligators. Qui sont ces enfants ? D'où viennent-ils ?
En quoi consiste le projet oXatan ?
Un oppressant conte de fées du futur, mêlant manipulations génétiques et peurs ancestrales.

« Le style choisi par Fabrice Colin donne au récit toute sa force car il livre les informations petit à petit ; les sentiments, les craintes sont ressentis en même temps par les enfants et par le lecteur. À partir du roman se pose une réflexion sur les manipulations génétiques et sur la folie des hommes [...] À lire absolument. »

Roselyne Malavieille, *www.livrjeun.tm.fr*

14. SOUVIENS-TOI D'ALAMO !
par Christophe Lambert

Aspirée par une tempête magnétique, une patrouille de bombardiers de la Seconde Guerre mondiale commandée par le capitaine Franck Taylor atterrit le 18 février 1836 à Alamo, peu de temps avant le siège du fort par les troupes mexicaines du général Santa Anna. Taylor et ses coéquipiers vont-ils aider Davy Crockett et les assiégés, et prendre le risque de changer le cours de l'Histoire ?
Un surprenant western SF !

« Christophe Lambert (rien à voir avec le comédien), en passe de devenir un maître de la SF jeunesse, signe là un roman d'aventures historiques palpitant et très documenté. »

Any-Claude Preszburger, *Epok*

15. KAENA, LA PROPHÉTIE

par Pierre Bordage

Axis, le monde-arbre, est en danger de mort car sa sève s'épuise. En vain, les dieux sont implorés. Kaena, une jeune fille déterminée, va braver les tabous de sa tribu et se lancer dans un périlleux voyage, jusqu'aux racines d'Axis.
Kaena, la prophétie est le premier film français entièrement tourné en « réalité virtuelle » (sortie mondiale : mai 2003). Sa novélisation est assurée par Pierre Bordage, le plus grand écrivain français actuel de science-fiction
Un événement dans la collection « Autres Mondes » !

16. ALLERS SIMPLES POUR LE FUTUR

par Christian Grenier

En six nouvelles passionnantes, le monde de demain vu par Christian Grenier : réalité virtuelle, conquête de l'espace, environnement, manipulations génétiques. Préface thématique, commentaires de l'auteur après chaque nouvelle et bio-bliographie complètent ce recueil, conçu comme un coup de chapeau à « Monsieur science-fiction jeunesse ».

17. DEMAIN LA TERRE

Anthologie dirigée par Denis Guiot
Préface de Joël de Rosnay

Demain la Terre. Mais quelle Terre ?
Car la Terre ne va pas bien. Par égoïsme, inconscience, obsession du profit, l'homme a saccagé sa planète. Effet de serre, bouleversements climatiques, pollutions de l'eau, de la terre, de l'air et du vivant : la crise écologique est aiguë.
Au sommaire de cette anthologie : Jean-Pierre Andrevon (qui signe deux nouvelles), Jean-Pierre Hubert, Christophe Lambert (dont la nouvelle sert de support au 2e grand prix des lecteurs Autres Mondes du 1er au 30 avril 2003) et Danielle Martinigol.
Cinq nouvelles percutantes pour réveiller les consciences !

18. L'ORACLE D'ÉGYPTE

par Éric Simard

Les généticiens de la société *Chimerics* ont réussi à créer des chimères à l'image des dieux égyptiens : Khonsou, une créature au corps humain ct à la tête de faucon, Sekhmet, la redoutable déesse à tête de lionne, et Amon-Rê, le dieu solaire à tête de bélier. Mais dès qu'elles arrivent au Sanctuaire des Dieux (un complexe touristico-culturel érigé sur les lieux de l'ancienne Thèbes), elles se comportent bizarrement. Ne sont-elles pas en train d'être possédées par les véritables dieux égyptiens ?
Un roman plein de suspense qui mêle génétique et histoire de l'Ancienne Égypte !

19. MISSION BRUME

par Christian Léourier

Fergus, un héros de l'Union, est porté disparu sur Brume, une étrange et sauvage planète, recouverte d'un inquiétant marais noyé dans le brouillard. À la tête d'un commando, sa fille, fraîche émoulue de l'École des cadets de la garde, part à sa recherche. Mais les membres de l'expédition disparaissent les uns après les autres.
Pour son grand retour à la science-fiction, Christian Léourier signe un fascinant roman d'aventures doublé d'une réflexion politique, très actuelle.

À PARAÎTRE
EN AVRIL 2003

20. CYBERPAN

par Fabrice Colin

Peter est un jeune garçon autiste, soigné dans un centre pour enfants inadaptés. Il a pour habitude de se connecter au *RealWeb*, une sorte d'Internet branché sur l'inconscient collectif de l'humanité. Un jour Peter est contaminé par le virus Peter-Pan. Il va voler une combi antigrav, s'échapper du centre avec Wendy, la fille du directeur, et se rendre au Pays de Nulle Part, une île artificielle sur laquelle vit

un savant fou qui se prend pour le Capitaine Crochet. Une lutte impitoyable s'engage.
Entre SF et *fantasy*, une brillante et émouvante relecture du fameux roman de James Barrie.

Impression réalisée sur CAMERON par

BRODARD & TAUPIN

GROUPE CPI

La Flèche
en mars 2003

Imprimé en France
N° d'impression : 16634
Dépôt légal : mars 2003